三民叢刊 231

與阿波羅對話

韓秀 著

三民書局印行

序——學習寬容和忍耐

韓秀

世間有一些地方極適於寫作人居住。雅典就是這樣一個地方。在那裡住了幾年之後，永遠有題材可寫，永遠找得到最舒暢的表述方式。人無論在做什麼，胸臆間永遠有激情在湧動，坐下來，或面對稿紙或面對電腦屏幕，字彙、句子、段落、人物、場景、對白一下子就把空白填滿，人也就輕鬆了下來。稍稍歇息而已，下一個週期又開始，於是，寫得較前多了。

這一切開始於一個秋日的午後，我去德爾斐看望太陽神。我一向認為阿波羅並不住在奧林帕斯聖山上。那裡的主人是宙斯。阿波羅一向喜愛德爾斐，祂在那裡傳達神諭，人群在那裡膜拜祂。那裡有世界上最美麗的太陽神神殿。那一個午後，我從神殿向山坡上走去，拐入一條小徑，發現一段殘壁，一段用石頭砌成的矮牆，坐在那矮牆上，神殿正在我的右後方。我側轉身子凝視看一根根高矮不齊的立柱。耳邊一陣暖風

拂過，阿波羅的聲音從心底傳來。

「妳看到了嗎？人類在我的肩頭哭、笑，胡鬧。人類幾乎在我的頭頂上賽跑、競技。」

我當然看到了，神殿側上方是古劇場，丘陵高處則是競技場。向太陽神求助的人們並沒有把自己的娛樂放在祂腳下，而是擎到了半空中！

那些心裡沒有神的傢伙！

溫暖的風在耳邊再次拂過，我看到了祂的微笑：「聰慧也好，愚頑也罷，人類雖然虛妄，我仍一視同仁，並沒有厚薄之分。」祂輕聲細語，我撐在石牆上的雙手頓時溫暖起來。

「我是阿波羅，我也需要寬容和忍耐。」

我再次看到祂充滿善意的微笑。

溫暖的風輕輕拂過。外子終於找到了我：「妳躲在這裡，好景致！此地一覽無遺！」他伸手摸摸石牆。「石頭被太陽曬暖了，妳還真會找地方。」

我笑笑，「下次我們來此地，我還要來這裡，坐在這兒和阿波羅談天說地。」

「好啊！隨妳。」外子漫應著，只當是浪漫主義者的夢話。

序

直到有一天，有人將神聖的潘達利山燒焦了。我抓起相機，瘋了一樣地飛馳上山。一路上，煙霧瀰漫，樹都焦了，伸出烏黑、猙獰的枝幹，指向天空。希臘這個少樹之國為了保護資源而不准隨意伐木造屋。自私的人們製造「山火」，將活生生的山林變成焦木，以取得造屋許可。

我穿行在焦木中，聽到樹林的哭喊。我舉起相機，煙霧中，烏雲壓頂，沒有半絲可取的光線。外子勸道：「改天吧！」

我站在山頂上，雙手高舉：「阿波羅！我只需要一剎那的光線！」喊聲剛落，厚重的雲層挪開一道細縫，一束陽光投射在焦木上。我按動了快門。下山的路上，大雨滂沱。

「樹林大哭了。」我說。

外子不再表示意見。他親眼看到了嫉惡如仇的浪漫主義者完全不可理喻的一面。

我在心裡大聲說：「謝謝你，親愛的阿波羅。」

回到薇莉西婭，車子漸漸下坡，烏雲翻滾的天際，閃出一線湛藍。雲際泛出一抹嫣紅。

如是，我心安，我理直氣壯。

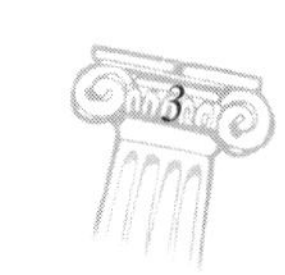

許多文字在極端繁複的心境中起筆。收捎時，卻都是心安的。是為序。

作者在德爾斐太陽神殿

與阿波羅對話 目次

輯二 世人群像

目次

輯三　生命波光

目次

輯一　眾神故鄉

歷史的芳香

朝霞滿天的時分，離開雅典，驅車北上。遙遙望見白雪皚皚的奧林帕斯聖山，時過正午。順小道再顛簸一陣，冬日天短，薄暮中，車子駛入維吉納(Vergira)，此地直至公元前四世紀仍是赫赫有名的馬其頓王國首府。腓力二世(Philip II)被他的近身侍衛刺殺於此地的劇場內，那是重要的一個九月，公元前三三六年的九月，腓力二世倒身於血泊中，他的兒子，亞歷山大大帝登基，馬其頓王國再現輝煌。

二千三百卅四年之後，維吉納仍以王陵所在地而聞名於全世界。這是一個十分安靜的小鎮。鎮中心就是由燈光稍作妝點的王塚博物館。一九七七年，王塚被細心發掘之後，就由歐盟資助，建立了這個頗具水準的博物館。來自世界各地的訪客雖然不能親眼觀賞腓力二世王塚發掘出的每一件珍品，但王陵內部規模已十分驚人，墓葬也相當豐富，以各種語文出版的專書更是詳盡地加以介紹，多數訪客都會被今日小鎮的淳樸和昔日王陵的豪富之間那巨大的差異絕倒。

駛出小鎮，十分鐘車程而已，即可進入當年的王宮所在地，今天，那已是廢墟的遺址仍在昭告世人，當年的繁盛曾是何等壯麗。遺址占地廣闊，位於丘陵之上。放眼望去，視野開闊，毫無遮蔽。繞過一座小丘，古劇場赫然出現。當年的刀光血影已被二千餘年的歲月洗刷乾淨。今天的古劇場綠草盈盈，端得祥和、寧靜，一排排座席仍可看出當年的規模，訪客也可想像出兩千年前的盛景。

回到小鎮，華燈初上。步入一家燈光明亮的餐廳。憑窗望去，對面正是王陵。昔日的盛、衰、榮、辱，並沒有完全化作一陣輕風，如泣如訴的歌聲、器樂聲仍然不斷地提醒人們，此地曾是世界之最，此地也曾川流不息地存在著渡海而來的腳步和蹄聲。

主人殷勤有禮地端上他們的招牌菜。圓圓一垛，頂上正中一塊「菲塔」乳酪，周邊層層疊疊著烤得綿軟的番茄片和馬鈴薯片、茄子片。揭開一嘗，倒也入味。下面卻是澆著濃稠肉汁的小牛肉，入口即化，非常好吃。

最好的留在最下面，足見主人的誠意。對面王陵揭示出的權力之爭，以及和那爭鬥朝夕相伴的虛偽、狡詐、陰謀與背叛都留在了那一箭之遙的所在。

小鎮的居民，包括那和善可親的餐廳主人都是一九二三年由小亞細亞被土耳其強行西遷的人們的後代。他們的父執輩離開了世代居住的家園，將先人的遺骨留在亞洲，渡過愛琴海，回到希臘，將馬其頓王國的遺址發展成一個個民風樸實的現代小鎮，也把離愁和懷鄉的思緒變成一首首悲歌，發展成現代希臘音樂的主旋律。

但是，那是邊緣！馬其頓，亞歷山大大帝、腓力二世、赫克力士(Herakles)的後代子民生生息息的土地只是邊緣！

雅典的歷史學家揮著手，揮散了眼睛前面的煙霧，也把希臘西北部揮了開去：「你不要夢想在那裡可以看到雅典的輝煌，伯羅奔尼撒的壯麗！」他們斬釘截鐵。

但是，我隨著阿波羅金光閃閃的指點，在紅日東昇的當兒到了培拉(Pella)。公元前四世紀成為馬其頓首府的這塊土地上佈滿了陵寢、王宮遺址和神廟。愛神和眾神之母在此地最受尊崇，酒神自然不會被冷落。王宮遺址上的彩石鑲嵌至今生動地展示昔日的繁盛。「獵獅廳」(House of the Lion Hunt)不但環繞著美麗的愛奧尼亞列柱，而且那彩石鑲嵌的地面圖畫更將獵獅的場景展示得神奇無比。

腓力二世曾在那彩石上踱步，制訂東進計畫，籌措征服希臘的步驟，而他的兒子也在這裡學習軍事，一天天長成卓越的軍事家，終至子承父命，完成了雄霸四方的業

績。

我無法想像這塊在廿世紀才劃歸希臘的偉大土地竟是邊緣。

依依不捨地離開培拉，西行三小時，進入希臘第二大城，良港塞薩洛尼基(Thessaloniki)。

這個城市有著太多文化層次的堆積，這裡居住過不同的種族，有過多種宗教，更有無數的征戰與殺戮，海邊的白塔(White Tower)曾被血腥染成褐紅，經過洗刷，也無法還原成白色。

一九一七年的大火使全城四分之三化作灰燼，之後更有對回教的清洗，回教寺廟被搗毀以報復回教徒早先對基督徒的殘害。冤冤相報之後的塞城曾不忍卒睹。

但是，歷史的芳香仍如維吉納和培拉一樣清新、馥郁。

離白塔只有步行十五分鐘的距離，古代集市、宮殿、鬥獸場正在被修復和被整理。殘存的古蹟一塊塊、一片片被小心地拼接起來。

廣闊的市區中心，車輛不再通行，行人繞道而走，古蹟就在塞城人手中一點點地恢復著舊貌。

旅行社大書：前進！向雅典進發！

鄰國南斯拉夫居然分裂出馬其頓共和國，使塞城人「馬其頓人」的地位更加不穩。邊緣！無可否定的存在。

然而，塞城人面含微笑，在焦木和碎石中撿拾歷史的碎片，耐心而細緻地拼接著，現代的高樓和古代城牆齊頭並進。亞歷山大大帝頑強的後代正在二千年風雨之後，再創歷史與文明。

三個太陽

無論將一整部羅馬帝國興亡史讀得如何爛熟於胸，無論將兩千年來在義大利發生過的一次次藝術的變革、復興、發展研究得如何徹底，所有印在書裡精美絕倫的圖畫，那怕早已深印在記憶中，感動過；當我走進羅馬，歷史的、藝術的一切那麼逼真地矗立在周圍的時候，我明白了那是怎樣一種震撼。

站在聖天使城堡(Castle Sant' Angelo)的拱門向四外望，羅馬全景盡收眼底，最終，會把視線長久地停留在聖天使橋上。橋橫跨臺伯河，它的重要不是因為它所提供的交通便利，橋上的天使雕像才是人們在此駐足的真正理由。巴洛克風格的天才雕塑家、建築家貝爾尼尼(Gian Lorenzo Bermini, 1598–1680)的追隨者們複製了貝爾尼尼晚期神祕風格的代表作《帶棘冠的天使》、《手捧卷帙的天使》，聖天使橋成了這位親和的藝術家留下的一座美麗的豐碑。

長長的橋身，眾多神采各異的天使，讓徜徉於此的人們生出更多的希冀，期待欣賞更多的貝爾尼尼作品，看他在超過一甲子的歲月裡為人類留下的美好。

在趕往博爾蓋賽別墅(Villa Borghese)，去欣賞那舉世聞名的博物館和畫廊的途中，我輕輕觸摸一塊小小的銀牌，上面刻著三個太陽，一個是噴薄而出的朝日，一個是正午高掛中天的烈日，另一個是風情無限帶給人無盡遐想，且預示明天仍是好天氣的落日。雅典銀飾設計師瑪瑞娜把她親手設計、雕刻的三個太陽交給我的時候，唇上浮著一抹神祕的微笑，「到羅馬不要忘記去找那三個太陽。」不容我發問，瑪瑞娜又補充了一句：「那是阿波羅最心儀的設計。」她談到阿波羅好像是她的多年好友、良師或是一位可以傾談的親戚。

想到阿波羅，自然會想到祂在雅典和羅馬的不同形象。在雅典，阿波羅通常蓄著鬈鬈的短髮，神情嚴肅。「移居」羅馬，祂長髮鬈曲，神采飛揚，更加英俊。在雅典，太陽神是音樂和詩歌的守護神。羅馬人請祂來卻希望祂消滅一場可怕的鼠疫，祂成了司醫藥的天神。

站在貝爾尼尼的雕像前面，阿波羅的神情真正是意亂情迷。阿波羅也有失態的時候！祂打趣丘比特，笑說弓箭可不是小朋友的玩具。丘比特卻正告太陽神，自己的箭

可以射中祂的心。愛神說到做到，祂用金頭的箭射中阿波羅，卻用鉛頭的箭射中美麗的達菲涅。阿波羅愛得如癡如狂，達菲涅卻千方百計拒絕被愛。一個追，一個逃，追的插上了愛情的翅膀，逃的卻踏上了恐懼的飛輪。追的比逃的快，太陽神呼出來的氣已經吹起達菲涅的頭髮，美少女跑得雙腿發軟，力不從心，忍不住放聲呼救。就是這樣充滿激情和動感的一瞬，被貝爾尼尼捕捉到了重現在大理石雕刻中，成為他自然主義風格經典作品之一。

多麼可愛又多麼可親啊！意亂情迷的阿波羅。

貝爾尼尼在廿五、六歲年紀創造的大衛(David)還不是大衛王，只是一位勇敢的牧羊人，拉起繩弓，正準備將趕羊用的石塊射向巨人。大衛的無畏、沉著和堅定在貝爾尼尼手下是如此逼真、鮮活。文藝復興封閉的雕刻形式被完全的揚棄了，我再一次醉倒在雕塑家對瞬間動作的表達中。

貝爾尼尼是容易對話的。在那佛那廣場(Piazza Navona)，他豎起了一座噴泉。四河（多瑙河、尼羅河、普列特河、恆河）「匯聚」於此。在這個最為著名的巴洛克廣場上，巨岩頂上埃及方尖碑直指碧空，巨岩四周則是代表四條河的巨大雕像，偉岸、雄壯的男性軀體與奔馬、靈蛇、異獸對視，產生童話般的奇瑰景色。

廣場四周的餐廳聚滿了熱情的義大利人和講著各種語言的來客。

我坐在離噴泉、雕刻、方尖碑很近的一張小桌上，喝世上最香醇的卡布基諾咖啡，悄聲向朝陽告別，準備奔向那當空的烈日。

在聖彼得鎖鏈教堂(Basilica di San Pietro in Vincoli)，傳說中捆綁使徒彼得的鐵鏈，那條曾產生過神蹟的鐵鏈，被供奉在正中。導遊們一再提醒遊客這個重要的、浸透了宗教和信仰的聖物。大家恭敬地點著頭，在鐵鏈面前停留數秒鐘，緩緩前移，然後迅速加快腳步奔向後殿的朱里奧二世教皇墓。教皇遺骨已在一五二七年的羅馬大浩劫中遺失，但是，這座墓是米開朗基羅(Michelangelo, 1475–1564)設計的，他創作的摩西像仍然端坐在此地。

摩西像，據說是米開朗基羅最心愛的雕刻作品，這位早熟的天才，脾氣壞透了的雕塑家、建築家在十分不情願的情形下，奉教皇之命為西斯廷禮拜堂創作巨大的穹頂壁畫，教皇去世，米開朗基羅才脫身出來從事他心愛的雕塑藝術，全心全意塑出了摩西的英雄氣概。那時，米開朗基羅正值不惑之年。

感人的，不但是栩栩如生的摩西，不但是摩西端坐在《靜默的生命》和《活躍的生命》兩座雕像之間的莊嚴與和諧。令我動容的是今天的人，無論他（她）來自西方

或是東方，無論他們有怎樣的信仰，當他們立於米開朗基羅的作品之前，他們臉上呈現的感激與感動。

人們邁著極其緩慢的步子離去，很多人倒退著離開，一步步遠去，視線不離摩西。

在梵蒂岡宮牆外，經年累月的，人們排著長隊，風雨無阻地靜靜等候走進西斯廷禮拜堂。我到的那天，也在長長的隊列裡緩緩前行，等了一個多小時。

走進聖教和世俗兩大博物館，巨大的、長長的穹頂壁畫金碧輝煌。第一次走進這裡的人們先是驚訝得摒住了呼吸，然後是四下搜尋，大廳太長了，很多人走不到一半就開始惶急起來。我在向前移動的時候，不斷聽到各種語音的詢問：「請問，米開朗基羅的穹頂壁畫在哪裡？」

「請問，西斯廷禮拜堂(Sistine Chapel)在哪裡？」

「請問，米開朗基羅……」

「請問，西斯廷……」

「請問……」

博物館工作人員只用一句話回答所有語無倫次的詢問：「請繼續前行，在地下室裡。」

離開這個巨型長廳前，回頭又看了一眼，烈焰般燦爛的穹頂上，名畫一幅連一幅，像透了正午的天空，金光閃爍，人人都眼花撩亂了。

順著藍色箭頭所指方向，經過幾個現代宗教畫的展廳、迴廊向下轉去。人們連走帶跑，沒人停留在展品前，大家一心一意向前，向下奔去。

像海潮湧來，在海岸止了步。這裡就是了。

工作人員將手指放在唇上，示意大家噤聲。

悄悄走進去，抬起頭來，忍不住淚水就會流下來。修復如新的米開朗基羅的穹頂壁畫就這樣明朗地懸在頭頂。自一五〇八到一五一二年，他滿心不情願地在這裡工作了四年。自認是雕塑家而非畫家的米開朗基羅，四、五百年來是怎樣地感動著人類啊！

牆邊一張椅子空出來了。我悄悄坐下，注視著《創世紀》畫面之一，上帝造亞當，上帝的手指和亞當手指間尚未接觸到的那一點點空間，殷切與遲緩，慈悲與不覺之間那一點點距離啊！

人們擁擠在這裡，聲浪漸起，工作人員發出噓聲，大家靜了下來，不到三、五分鐘，聲浪又起，人們忍不住要詢問、要解答、要讚嘆，於是又聽到噓聲，又歸於平靜，再起喧嘩，再有噓聲，如此循環不已。

後牆上是廿五年後，一五三六到一五四一年之間，米開朗基羅奉保羅三世法爾內塞教皇之命創作的巨幅濕壁畫(Fresco)《末日審判》(*Giudizio Universale*)，這幅畫覆蓋了西斯廷禮拜堂的整面後牆。據說，為了畫這幅大畫，毀掉了原來在牆上的兩幅佩魯吉諾(Perugino)的壁畫，甚至還堵起了兩扇大拱形窗。

在這裡，基督不是人們慣常所想的受難與悲憫形象，祂位居中央、強大有力，正在以一種決斷的手勢對人間的罪惡和眾多的罪人作出判決。

《末日審判》和穹頂壁畫大不相同。穹頂壁畫中，理想化了的線條極其流暢地強調了輝煌的美感。《末日審判》卻是相當真實地，甚至以誇張的筆觸、扭曲的形貌來傳達堅定、有力的意念。當時的傳記作家以「駭人的表現力」來形容他們當年的感受。

大家步伐踉蹌，腦子裡嵌滿了輝煌，搖搖晃晃退出去，下意識地沿著繩纜又一級一級迴轉上來，走進一個美麗、端凝的所在，這裡就是著名的拉裴爾廳。

拉裴爾(1483–1520)十七歲的時候，已經以一張重要的祭壇畫《聖尼古拉斯的加冕》崛起畫壇。在拉裴爾短短的一生裡，他對前輩藝術家的成果有驚人的洞察力，從弗利(Forli)、西紐雷利(Signorelli)、品托瑞丘(Pintoricchio)和佩魯吉諾的創作中他汲取了經驗、風格與技巧。但是，他迅速前進，超越了他們，他的構圖更具空間感，人物姿態

自由、優雅、多變化、色彩豐富而和諧。和他合作過的佩魯吉諾深深感動於青年拉裴爾的天才創意。

當拉裴爾碰到達文西之後，學會了用一系列速寫來準確而細緻地描摹人物。一五〇八年，他奉教皇朱里奧二世之命來到羅馬。今天，我們在這些宮室(Stanze)裡看到的正是拉裴爾的頂峰之作。

在《聖事論戰》的巨大成就之後，我久久凝視《雅典學派》和《詩人之山》。柏拉圖和亞里斯多德的討論似乎仍在空中鳴響，阿波羅和繆斯在古代和現代詩人的陪伴中以眼神和姿態使整個畫面美得如詩如夢。

古希臘的藝術風格、學術的精神在拉裴爾筆下重現，就這方面而論，在繪畫的領域裡，拉裴爾創造了超過米開朗基羅的成就。同時，拉裴爾也全力拒絕米開朗基羅的影響，他渴求平靜和樸素，渴求從古典雕塑中尋找語言。

在他最後的作品裡，我最喜歡的是他為埃利多羅宮室(Stanza d'Eliodoro)所畫的《解救聖彼得》。其戲劇性與明暗對比、動感都令人嘆為觀止，老實說，他的繪畫技巧已臻化境，作品早已超出濕壁畫的限制而綻放出可與油畫比美的光彩。

拉裴爾畫作周圍的壁飾多是希臘雕塑的再現，成為畫作的最佳烘托。

在溫柔、祥和的氛圍裡，人們步出展廳，門外是聖彼得廣場，有貝爾尼尼的創作。聖彼得大教堂，圓頂由米開朗基羅設計，大堂內更珍藏著他的偉大作品《悲切》。

三個太陽同時照耀著這個聖地，由梵蒂岡而羅馬而世界。

在羅馬逗留七天的最後時段，我信步走在米開朗基羅設計的聖馬可廣場，眼前卻晃動著瑞尼的那雙眼睛，瑞尼(Roni Guido, 1575–1642)這位和貝爾尼尼幾乎同期的畫家，他的《黎明女神》(*Aurora*)是怎樣美麗地再現了拉裴爾的畫風啊！

在此地，在聖馬可廣場上的「首都博物館」裡，在埃及方尖碑和希臘女像柱搭起來的空間裡，瑞尼的自畫像在廳室的一隅靜默著，觀望著三百五十多年之後的世界。

那深邃的目光一下子透過了三、四百年的光陰、縮短了十幾萬個暗夜帶來的距離。

我坐在博物館寬寬的石階上，只覺陽光耀眼，抬眼一看，阿波羅駕著祂的金馬車正飛馳而過，只把溫暖留在身後。

他把心留在米索隆基

清晨，當阿波羅把溫暖的光灑在愛奧尼亞海濱的時候，我來到米索隆基(Messolongi, Greece)❶，站在國家英雄墓苑的大門外。

青銅雕像下面的大理石基座上，只有拜倫勛爵(Lord Byron)兩個字，拜倫的頭巾和衣著，有土耳其特色，右手緊握一把刀，面容英勇而凝重。這座銅像立於此地只有一個世紀。

站在青銅鑄成的拜倫身前，目光正對墓苑大門，在甬道盡頭，花壇之上，拜倫的大理石雕像在陽光下潔白、耀眼。那就是詩人的心長眠的地方。詩人的身體葬在英倫，

❶ 米索隆基，《大英百科全書》譯作Missolonghi。自雅典向西，經過科林斯，抵達Rio，渡海，繼續向西北，見到路牌Messolongi。此地正位於愛奧尼亞北海濱，除了國家英雄墓苑，幾乎一無所有。

他卻把心留在米索隆基，希臘西北部的一個小地方，這地方因為抗擊土耳其統治而聞名，這地方因為拜倫的英勇獻身而聞名於世。

在我告別希臘的行程裡，來此地探望拜倫是重要的一站。詩由心生，詩人的靈魂想必也離此地不遠。生前，那顆狂跳的心無時無刻不受到阿波羅的鼓勵，那躁動不安的靈魂也無時無刻不受到繆斯的撫慰。一百七十餘年來，阿波羅和繆斯依然細心地呵護著詩人。

我走在石砌的甬道上，聽到詩人的歌聲和嘆息。

他曾為希臘哭泣，字字滴血地高歌：

讓我登上蘇尼昂的懸崖，
在那裡，將只有我和那海浪
可以聽見彼此的低語飄送，
讓我像天鵝一樣歌盡而亡；
我不要奴隸的國度屬於我——
乾脆把那薩摩斯酒杯打破！

終於，我們見面了，拜倫身子前傾，表情急切，左手擎著一卷詩，右手握拳，似乎正激動地要揚聲高叫：

希臘群島啊，美麗的希臘群島！
熱情的莎弗在這裡唱過戀歌，
在這裡，戰爭與和平的藝術並興，
狄羅斯崛起，阿波羅躍出海波！
永恆的夏天還把海島鍍成金，
可是除了太陽，一切已經消沉。

拜倫不只是呼喚人們起來抗爭，他四處奔走，以熱情的詩句鼓勵人們堅持戰鬥、永不退卻、永不氣餒。他更獻出金錢、健康和生命。

他的成就不只是詩人和歌者的成就，他在被土耳其已經統治了四百年的希臘，高擎一面自由的旗幟。古代斯巴達勇士的英魂在他心中化成力量，化成詩歌，他一路前行，一路把古希臘英雄的精神從現代希臘人心田深處喚醒。

但拜倫，只是一個外國人，一個被他的祖國視為離經叛道的遊子，一個不斷被批評家攻擊的「失敗」的詩人。

我站在大理石雕像前，細心拔掉基石旁一根小小的野草，那地方，離詩人的心太近，怎容得荒草蔓生？

太沉重，也太孤獨了，我在墓苑裡慢慢地走動。多半是外國人的群墓，德國人、丹麥人、荷蘭人。甚至一個巨大的由堅石、斷砲與砲彈堆砌而成的紀念碑明白告訴我，這裡埋葬的英魂不知名姓，不知國籍，只知道他們來自他鄉異地卻把生命獻給希臘的自由。他們，為希臘獨立而戰，每一滴血灑在希臘的土地上。

還好，詩人不寂寞，除了來自奧林帕斯聖山的關愛之外，還有這許多英魂作伴，他們以什麼語言交談呢？大概不是希臘文。

我走在他們身邊，內心激情澎湃，忍不住輕聲細語，講的也不是希臘文而是中文。

拜倫病逝不足兩年，他所訓練和組織的希臘自由戰士因為叛徒的出賣而在轉移的途中落入重圍，突圍之戰十二分慘烈，數千為自由而戰的希臘人和他們的外籍戰友倒在血泊中。米索隆基被鮮血浸透。人們代代相傳，死者胸前流出的血也染紅了一些紙張，上面正是拜倫的歌……

但是，畢竟在那同一年，一八二六，希臘獨立了。拜倫沒有看到希臘一塊塊土地不斷掙脫枷鎖，成為自由人的國家。他也沒有看到這個古老的民族、年輕的國家在贏得制度上的自由之後，心靈卻未能真正張開翅膀。

兩千年的斷層如同無底的黑洞，古老的智慧、思想、美的追求、勇氣與擔當在黑洞的另一端閃亮，卻無法再穿透黑暗，照亮今天希臘人的心。

一八八一年，拜倫死後五十五年，希臘獨立五十三年，一位藝術家雕出了這座大理石雕像，拜倫的表情十分急切，似乎他已感覺到喚醒沉睡的人是一件多麼艱難的工作。比他一向醉心的「戰爭、風暴、愛情」不知艱難多少倍。

而流言是多麼無稽，有人說，拜倫對一場愛情感覺厭倦才投身希臘自由之戰。「厭倦」不是拜倫生疏的情境，他熟知「厭倦」的可怕、可厭。多少人「厭倦」之餘車輪飛轉，在名利場、在美酒與美人中追逐「新鮮」。拜倫畢竟不同，心底深處波濤洶湧，他深信，當枷鎖粉碎後，燦爛的希臘文化會像阿波羅一樣騰躍出海面。他期待那輝煌的時刻出現。

那是拜倫的夢，我深信。

一九七八年，拜倫辭世一百五十四年之後，拜倫的紀念碑才在他祖國的土地上站

立起來。

一個對虛偽、諂媚、爾虞我詐、苛捐雜稅、在世界各處攻城掠地深惡痛絕的歌者，一位多次被人惡言攻擊，勒令他就此住手，不要再寫作的詩人，終於在他自己的祖國贏得真正的尊敬。

在面對他的時候，看著他急切的面容，我不斷憶起他書寫唐璜和海黛純真愛情的詩句，這些詩句一百多年來如同海上的精靈，引領人們嚮往真善、真美。

但是，重擊在心頭的，卻是拜倫的語重心長：

而文字是有分量的，一滴墨水
一旦像露珠般滴上了一個概念，
就會產生使千萬人思索的東西；
說來奇怪，文字原用來代替語言，
但那怕寥寥幾字都能傳聯萬代。

生活與藝術

無論是我慣常用於書寫的中文，或是安捷拉(Dr. Angela I. Scarlis)慣常用於思考和創作的德文，都不能準確表現藝術與生活互為因果，永不間斷，沒有主次輕重之分的關係。直到我讀到安捷拉的英文詩，題目是"*Art is Life is Art is Life*"。

我們在希臘相逢。我多年來奔走在遠東和美國之間，雅典是我第一次駐足於第三種文化的地方。安捷拉常年奔走在美國和德國之間，長住雅典對她而言也是新鮮事。她的先生，一位曾在德國作學問的美國學者卻正是希臘裔。希臘男人無論在他鄉異地住過多少年，當他們的雙腳一踏上希臘的土地，就如同大力士阿爾西奧涅斯一樣，汲足了大地母親的精氣神而變成了真正的希臘人，少有例外。

希臘的美是嚴肅的，沒有娛樂性。欣賞者學養不足或不夠用功，來希臘，則與那美毫無對話的可能。那美也堅定不移地三緘其口，任人空手離去，絕不假以辭色。

但是，若人能欣賞其美，信任其美，尊敬其美。其欣賞、信任和尊敬的程度又夠高的話，希臘會敞開胸襟，神蹟更是常常出現。於是，人能看到、聽到、觸摸到、感覺到後知後覺者連作夢也夢不到的美麗與神奇。

沒有統計過，不知在希臘一千萬人口中有多少人是藝術家、學者、讀書人。但是，雞尾酒會上，提及伊比鳩魯和德謨克利特的時候，我們總能碰到一兩位家有藏書五千冊以上的希臘政府公務員。他們不必搜索枯腸，即可將艱深的哲學議題伴著OUZO❶的清香揮灑一個小時。在美如天堂的小島上，曲曲彎彎的小巷子裡，大門洞開。室內聖像畫顏料未乾，窗上留言：畫家喝咖啡去了，請隨意瀏覽。窗外，愛琴海藍得令人心醉，庭院角落裡一株布根薇拉開成錦繡一片。室內陰涼，瀰漫著顏料的香味兒；聖徒、天使、聖母和聖嬰環繞在四壁。世界一點不荒涼。待聞得空氣裡飄起了咖啡香，畫家不知何時已然悄悄返回。室內多了幾位訪客並不妨礙畫家瞬間回到他的創作心緒；或者他的創作並沒有因為他的走動、人潮的漲落而有片刻中斷？

所以，安捷拉沒費什麼事，她來到雅典兩個月而已，輕輕鬆鬆地舉辦了她的創作意念發表會。會眾包括她的房東、鄰居、她先生辦公室同事和同事的另一半，也有我

❶ OUZO，一種希臘白酒，近似金門高粱。

們，對她的創作有興趣的人。

一進門，每位來客收到一份簡介，安捷拉以德國人的有條不紊向我們介紹了她的來時路：她廿二歲在慕尼黑大學取得資格教授「藝術教育」，六年之後取得神學和社會學的教育學博士學位。自廿歲起，她創作不斷、著述不斷、教學活動不斷。同時，她從歐洲畫家學習繪畫的技巧和意念。她研究世界教育現狀、現代科技與人類的關係、現代科技對藝術的影響。她為和平奔走，像一位救火隊員，在一切可能的機會和場合挑戰專制、獨裁、戰爭；呼籲合作、自由、民主和獨立的思想。她是詩人、雕塑家和畫家，她是「國際雕塑協會」成員，「美國藝術教育協會」成員，以及「國際歌德之友協會」的成員。

在三、四十位雅典聽眾面前，長髮披肩，長裙及地，安捷拉輕聲慢語地用一個小故事作開場白，把大家一下子拉近她的內心。

事情發生在安捷拉初抵雅典不久。夫婦倆應邀去教堂參加友人的婚禮。神父已經開始為新人祈福，站在後排的青年們卻還在興奮地交頭接耳。安捷拉轉身將食指放在唇上，和善地作了一個「請噤聲」的手勢。在她轉回身的同時，她聽見一聲低沉。清晰、發自齒縫間的詛咒：「蓋世太保❷！」

那未曾謀面的希臘青年當然不知道安捷拉是出生於戰後一九五一年的德國人。他當然也想不到，安捷拉的祖父，一位反戰、反納粹的新聞記者，在希特勒發動戰爭之前就被納粹殺害了。

祖父的犧牲並沒能阻止戰爭機器的開動，他的子女在戰後半個世紀的今天仍然背負著民族的十字架。

安捷拉沒有說她聽到那惡聲、受了冤屈的時候，她有怎樣的心情。我只看到站在放映幻燈片的白色幕布之前，黑色衣裙上面那張蒼白的臉，也聽到了她聲音裡的顫抖。

她以親身感受強烈彰顯人類對相互瞭解的渴求。環境藝術(Environments)正是觸及、溝通人的內心的一種重要方式。

一九九六年元月份，安捷拉在美國首都華盛頓舉辦個展《往還》(*Passages*)。砂子堆積在展室的整個地面上，白色蕾絲由天花板懸垂到地面。石頭、枯枝、人與動物的枯骨、紅色和藍色的各種舊布料、羽毛、空置許久的鳥巢、乾枯的紅色玫瑰……人與動物都棄之不用的「廢物」，被安捷拉放置在椅子和其他位置上。藝廊工作人員遵照安捷拉的指示懸掛各種材質的布料。他懂得現代藝術家有許多

❷ 蓋世太保(Gestapo)，納粹德國之祕密警察，曾廣設集中營，死於其中的人數以百萬計。

古怪的念頭。他說，他不知道「那是什麼？」但是，當他小心翼翼地將梯子搬離現場，回頭張望的時候，他覺得「自己裡面很深的地方有什麼被觸摸到了。」

安捷拉帶著她的學生如同一群小羊走進展室表演〈睜大你的眼睛〉(*Raising Your Eyes*)，觀眾表示，感覺到了莫名的安寧和快樂。觀眾走近「上帝的寶座」的時候，那「權力」不再令人生畏，而似乎是一個可以傾訴衷腸的所在。

黑暗中，凝視幻燈片上那立於「寶座」之上的枯枝、枯枝下面牽連不斷的繩球，尤其是穩坐在空心磚架起的木板上那一塊石頭。心裡不由得浮動著尼古拉·庫薩(Nikolaus von Kues, 1401–1464)曾被遺忘三百年，在廿世紀末重被發現的思想。他認為在上帝（絕對極大）、宇宙（限定極大）和人這三個主題中，人是絕對而限定的極大。近代哲學由此起步。我尤其喜歡庫薩把人對真理的認識看成「有學問的無知」，認識的過程應該是一個「無限進步」、「永無止境」的過程。

那塊石頭，它看過世界地形地貌的變遷，它看過多少人世的滄桑。如今，它端坐於此，人不想向它傾訴什麼嗎？

現場音樂令人感動，詩與畫則以更直接的方式和觀眾溝通。人人是過客，宇宙的過客，時間的過客、自己身體的過客。「在旅行的途中，作你自己，你看得見、聽得到、感覺得到，因為你是你。」安捷拉輕聲細語把人們帶回自然。

安捷拉的《往還》成功展出之時，她已邁進下一個工程。兩三年來，她在玩瓶子。將石頭、鐵釘之類的「廢料」仔細把玩，放進形狀各異的有蓋玻璃瓶中(Jars)。空間，人在有限的空間裡會看到什麼？

她告訴我們，每一件東西都會「自行選擇」它的空間。藝術家和石頭之間長時間對坐、凝視，內心的寧靜、祥和會產生巨大的思考空間。靈魂的「對話」使安捷拉得到無限大的學習可能性。

近二百個Jars是目前的進度，安捷拉還在繼續中。這些Jars和其中的故事、思想將以一本書的形式出現，成為現代美學教育中的一頁。

如同Icon（聖像畫），安捷拉這樣表達。豐富的內涵成為一張世代流傳的畫。人們讀書的時候，讀出一個完整的世界。

我也想到快樂的、精神飽滿的雅典女畫家Mapina Kanavakn (1969–)那些色彩鮮明、意象生動的油畫「人面」，一筆下來，人的七情六慾被表現得淋漓盡致。

聖像畫的含蓄，瑪麗娜的直接，都不及美學教育工作者安捷拉・斯卡爾利斯博士和她的同道們對人間世的大關懷來得深遠和苦澀。

兩個小時的發表會在會眾們人人手握一塊石頭，說出自己心頭所想時結束：

「啊！那是一張愁眉苦臉……」

「噢！像極了非洲面具！」

「婦人的側面，多麼秀麗……」

手中的石頭沒有稜角，上面一絲紅色的痕。它來自Santorini。四千年前火山噴發，四千年來潮漲潮落。太陽神阿波羅每天帶著霞光萬道照耀著它。它的真實年齡比美麗的桑托瑞尼又不知長久多少。

握著這塊石頭，我只想聽克利特(Crete)作曲家Etamatheenanoy Akhe的樂曲，傾聽海潮的吟唱、海風的飄拂。

「妳還好嗎？」我輕聲問安捷拉。

「痛徹心肺。」她淚光閃爍。

正如她自己所寫的「我累垮了，但我會繼續作我應該作的事！」

生活即藝術，藝術正是生活。安捷拉回到人群之中，談繪畫、音樂和電影，她恢復了和善與快樂，談笑風生。

我們在雅典並不孤單，阿波羅和波賽頓❸不斷向我們推出最美的畫面和最悠揚的樂聲。

重要的只是擦亮眼睛、全心等待、細細傾聽。

❸ 波賽頓(Poseidon)，希臘神話中的海神。

揮別德爾斐

歸國的日子終於近了。

我和外子心情沉重地開列一張單子。有些地方是必須再去一次的。在那地方沉思默想，再一次感覺那地方的不凡。道聲謝謝，道聲再見。

名列首位的是德爾斐。自雅典北郊開車，二個半小時車程。不算遠。

二千五百年以前，我家門前潘達利山上的大理石被開採出來，不但修建了雅典市中心的萬神殿，更長途跋涉，被隆隆地運到德爾斐，建築了巨大的阿波羅神殿。不算近。

三年來，每天看阿波羅駕著金馬車橫空而越。看祂開懷大笑，看祂眉頭緊鎖，看祂端立碧空向人間揮灑熱情。我也曾遠去伯羅奔尼撒半島，在山間尋訪世間最完整的貝斯(Bassae)阿波羅神殿。在那空無一人的寂靜所在，有了第一次和阿波羅「對話」的

經驗。自那往後，我和許多希臘藝術家一樣，將太陽神看作家庭中的一員，共同分享喜樂，分擔憂煩。

晚春天氣，依山傍海的德爾斐景色迷人，山頭積雪未溶，山下希臘迎春竟開成一片血紅。海灣微波蕩漾，沙灘已然曬暖，張開雙臂迎接早來的弄潮兒。德爾斐綠意盎然，高貴、靈秀，心境平和地看著大自然巧妙安排的盛大演出。

雅典少樹，來到四季常綠的德爾斐，心情頓時一鬆。神殿高高在上，我一步步走近，近日來的憂傷與悲涼鋪天蓋地當頭罩下。待我在神殿前坐下，面前晃動著的，只有硝煙和炮火、難民兒童眼睛裡的無助和恐懼，衣不遮體的男子眼睛裡的怒火，雙腿嚴重凍傷的婦人臉上狂瀉的淚水。

最近，在科索夫境內躲避、逃亡月餘的阿爾巴尼亞裔難民，當他們逃出生天的時候，他們的表現和先行的幾十萬難民已經有所不同，他們不再表示「打回老家去」的激憤，他們更加看清了所謂「種族淨化」的殘忍和無道。他們曾充當「人肉盾牌」，他們曾親見妻子、母親、女兒被姦殺，他們曾眼睜睜地看著父親、丈夫、兒子和兄弟被拉走，很可能將永不再相見。

難民們絡繹不絕地掙扎在求生路上。多少人死在這條路上，多少人和被燬的家園

一起消亡，沒有人知道，很可能將永遠只是一個大致估算的數字。

而我住了三年的希臘，卻同情嗜血的塞爾維亞種族主義者，口口聲聲不准一個阿爾巴尼亞裔難民入境，在很多希臘人眼中，百分之六十五的人口信仰伊斯蘭教的阿爾巴尼亞裔難民是「非我族類」，而狂呼「種族淨化」，舉槍濫射的塞爾維亞軍警卻是「和自己一樣的東正教徒」。

我懷想赫克力士，這位傳說中古希臘最偉大的英雄，他是宙斯大神的兒子，他也有一位美麗善良的母親，一位人世間的尋常女子。也許那遺傳使得他不能住在奧林帕斯山上看熱鬧，他不肯和他的兄弟姐妹們過神仙日子，卻在人間身體力行，救苦救難。

赫克力士雖然半人半神、力大無窮，但他也會受傷，不但被愚頑之徒的刀劍所傷，也被陰毒之徒的詭計所傷，他的身體會受傷，他的感情也會受傷。他常被誤解、被誣陷、被利用，但他不改關心人群的初衷。他堅信不同的人——膚色、宗教、文化不同的人——可以在一塊土地上生活，可以相知、相愛。他永遠告訴人們，仇恨是有毒的，仇恨不能使世界變得美好。

「可是，人是不一樣的，世界上，有一些人覺得自己是中心，或自己居住的那個彈丸之地是中心，於是唯『我』獨尊，沒有敬畏之心，對別人的痛苦無動於衷。他們

的妄自尊大和數千年前的愚蠢並沒有太大的不同。」

阿波羅輕言慢語，祂的眼睛注視著一塊圓石。

那圓石相傳正是世界的肚臍，數千年前，德爾斐曾是世界的中心。然而，廿世紀剛剛過去的今天，世間有多少人會認為希臘是世界的中心呢？

「宇宙何其大，宇宙之外何其大？每天，我奔騰在空中，每天，那變化無窮的一切都令我興奮不已。」阿波羅面含微笑。

是啊，所謂「以××為中心」的「世界觀」也好，「文化觀」也罷，是不能開闊人的視野和胸襟的。

當自己不是「中心」的時候，難免自卑，難免嫉妒，難免怨恨。當自己正是那「中心」的時候，更難免妄自尊大、難免目空一切、難免蔑視他人的努力、漠視他人的情感、甚至難免敵視「非我族類」的存在。

「中心是沒有的。宗教不是必須的，但是，信仰卻不可少。」阿波羅微笑。一陣輕風帶來海的濕潤、花的芬芳。

「我只是詩與歌的神，只是寫作人和藝術家的守護神，不是正義之神。我的話，不算數的。」阿波羅微笑，謙虛讓祂紅了臉。

「你不是來和我告別的吧？」阿波羅狡黠地笑，一抹輕紗般的雲掠過碧藍的天空，雲的顏色閃爍不定，如同彩虹被印象派畫家揉散了一般。

我心中溢滿感激，喃喃自語：

當然，不是。親愛的阿波羅。

我來到此地，只不過為了揮別德爾斐，繼續我的旅程而已。

橄欖樹下無和平

少時看過一部電影，情節已不復記憶，但片名《橄欖樹下無和平》的諷刺意味以及飽含的無奈至今難忘。

希臘種植橄欖已有五千年歷史，尤以伯羅奔尼撒地區(Pelcponnese)最為著名。在雅典，放眼望去，橄欖葉綠色鑲銀，隨風起舞也是常見的風景。

時間進入十一月，收穫橄欖的季節開始了，美國大使館的海軍陸戰隊、安全人員卻進入備戰狀態，嚴陣以待。使館、外交官住宅、希爾頓酒店都加強了戒備。各種無政府主義或恐怖主義團體紛紛展開活動，炸彈事件時有所聞，高潮則在十一月十七日正式掀起。廿四年以前，雅典工學院的學生們呼籲自由、民主，在這一天遭到軍人政府的血腥鎮壓，也導致了此一專制政權的倒臺。今日的希臘是個民主國家，其政府也是溫和的文官政府，但十一月十七日作為「血的紀念日」留存了下來。每年這一天，

學生們集會遊行，宣揚各自對政治與時局的看法和意見，這並沒有什麼不好。但是，混跡於其中，以無辜者的鮮血來祭旗的各種激烈團體常常使這個日子充滿血腥與暴力。然而，這些團體都與希臘世仇土耳其不共戴天，希臘政府和警方則對他們放任不管，聽任其發展壯大。

美國政府期待愛琴海的永久和平，不斷在各種可能的機緣中化解希土兩國的仇隙，努力把任何可能爆發的軍事衝突消滅在萌芽狀態。美國居然成了「希臘向土耳其討還血債的障礙」。於是，美國使、領館，美國人，與美國有良好關係的希臘政府官員、企業商號在十一月十七日前後備受威脅。

十一月十七日，家裡的兩個男人上班的上班、上學的上學，都出門去了。我家後園牆外有一個小工地，正在興建一座四層樓的別墅，在陽臺上，我看到使館安全人員在那小工地上作地毯式搜查，檢查著每個水泥袋，每個凹凸不平，可以隱藏異物的所在。過不久，他們打電話進來，詢問為什麼樓下車庫的門敞開著。我告訴他們，洗車師傅在車庫洗車。他們知道車庫內有電梯可直達樓上，就守候在車庫外，待洗車師傅離去，車庫門鎖好，他們才帶著兩眼紅絲、疲倦的面容離開，那時候，不過是上午而已。

中午，消息傳來，美國學校出現炸彈。我強自鎮定，苦候到四點，兒子返家。他很鎮靜地告訴我，離開美國前，在國務院接受的「反恐怖」訓練「真的很有用。」他不但自己沒有驚慌失措，而且幫助老師安撫受到驚嚇的小朋友。

據使館安全人員分析，最危險時段是五點至八點之間。使館下午三點關門，安全人員期待大家在五點鐘以前各自返家，不再外出，免受無妄之災。

我先生四點十分進門，剛剛聽完了兒子有關美國學校的炸彈危機，他竟又要出門了。一位美國國會議員忙於奔走在希土兩國之間，這位和平使者選了最不安全的一天來到雅典。

「我們再三提醒他，這個時間非常不妥，但他日程緊張，別無選擇。」我先生滿臉無奈。這時候，使館派來的車已經等在樓下，雅典市中心的遊行示威隊伍也已經在準備出發。

通常，美國使館將來自國內的客人安排在希爾頓酒店，但這一天，同在索菲婭皇后大道上的美國使館和希爾頓都會被示威群眾包圍。「我們把這位國會議員安排在離鬧區比較遠的酒店。」我先生如是說。我卻在想，飛機五點四十分抵達雅典，七點鐘我先生離開國會議員下榻的酒店必得穿過瘋狂的地段才能返回家中，他會碰到什麼？我

真不敢想。

我先生是個有廿六年經驗的職業外交官，他氣定神閒地拍拍兒子的肩膀，說了聲：「好好照顧媽媽。」就大步下樓去了。

十二歲的兒子和我一樣高了，他很帥地衝著我燦然一笑，「別擔心，不會有事的。」語音未落，電話鈴聲響得尖銳而急促。使館安全官來電詢問我先生是否已經出發。得到肯定的回答之後，安全官告訴我他們會派人去機場「增援」。為什麼需要「增援」，我沒有問，問了，徒增緊張而已。安全官又要求我去看一下房東，「請提醒他們，有三個美國家庭住在他們的房子裡，請他們注意安全。希臘人熱愛夜生活，但今晚最好不要外出。」安全官再三叮嚀。

我敲響了房東的大門。房東太太一個人在家。卅幾吋的電視螢幕上一團混亂，遊行的人群已經包圍了希爾頓酒店，正向美國大使館推進。燃燒著的土耳其國旗、美國國旗，甚至希臘國旗帶著濃煙烈火在大街上滾動。叫喊、口哨、人群的奔跑、跳躍使得畫面更形恐怖。

房東太太擰著雙手，一臉愁苦：「為什麼？他們為什麼要這樣？」

「轟！」的一聲，一個燃燒瓶爆出一團火，畫面上出現更嚴重的混亂，電視記者

的臉上佈滿了驚恐。

我向房東太太傳達了我們安全官的建議，她快要哭出來了，因為她的丈夫、兒子和女兒都在離燃燒瓶不太遠的地方。

盡可能地安撫了房東太太，我回到家裡，兒子手握電話，正一臉凝重地站在那裡。他握住話筒，悄悄告訴我：「是米勒女士，她在哭。」

米勒女士為美國財政部工作，來雅典是受希臘政府之邀，訓練希臘的財政管理人員。她是我的近鄰，我們常常「禍福與共」。她在電話中泣不成聲。最近，一位自華盛頓來此地的電腦專家參加了她的培訓工作，按常規住進了希爾頓。今天提早下班之時，她千叮嚀萬囑咐要求下榻希爾頓的工作人員下午四時後不要外出。剛才她打電話去希爾頓，別人都乖乖待在房間裡，唯有這位電腦專家蹤影不見。

「外面兵荒馬亂，他萬一遇到危險，怎麼得了？我真的要崩潰了……」

於是，我擔起了和希爾頓電話聯絡的任務。多半的美國人在安寧、和平中過了一輩子，要他們懂得人世間的危險，常常很難。

時間就在持續的電話、等待、焦慮、無奈和極度的不安中一秒一秒地慢慢度過。

九點半鐘，我先生淋得濕濕的踏進了門。他笑說：「一場大雨，示威的人群一哄而散……」他匆匆奔進電腦室，兒子也跟了進去。十點鐘，希爾頓來電，電腦專家喝了幾杯小酒，步履不穩地進了旅館房間，毫髮無傷。

還好、還好，只有雨水沒有血水。今年的十一月十七日還算平安。此時此刻我才覺出了腰痠背痛，蹺在沙發裡動彈不得。

驚魂甫定，感恩節假期到了，我和我先生不約而同地選擇了位於伯羅奔尼撒的奧林匹亞(Olympia)。只為了要享受一下已經有二千七百多年的奧林匹克精神。將仇恨和嫌隙拋開，將人類的堅韌、忍耐、力量和美感發揮到極致的公平競爭，眾神環伺，天之驕子們曾在那裡一展身手。

從雅典向西，進入伯羅奔尼撒半島，繼續向西，經過帕特拉(Patras)折向西南，共計三百四十公里，六小時車程，我們進入奧林匹亞。遠離雅典的喧囂，這裡只有一片靜。經過古希臘運動員熱身場地、神殿和法庭（選手在此宣誓在賽事中不作弊、不耍滑頭、不傷害別人、不將仇恨和急躁帶進運動場），我們穿過一個拱門，當年聖火燃起的時候，選手們就從這裡入場。展開在我們眼前的是綠色草坪中的一個長方地帶，大理石的起跑線仍是近三千年前的舊物。多麼好啊！這樣充滿挑戰卻又平和的所在。人類曾經有過的，真正動人的智慧。

奧林匹亞的寧靜是孤立的，在它的北面，有著名的Kastro（荷蘭語：城堡）。南面有土耳其人在Pilos建立的巨大城堡，在Methoni則矗立著由法國人初建，由威尼斯人完成的巨型城堡。希臘只是各國爭戰的戰場而已。希臘曾在漫長的歲月中失去了自己。

車子穿行在叢山峻嶺之中，在橄欖樹拼接成的綠色畫面裡，山城斯巴達迎風而立。斯巴達古遺址外，青銅鑄成的勇士昂然挺立。希臘人感情豐富地形容古斯巴達人，說他們一出生就接受軍事訓練。歷史學家中仍有不少人將伯羅奔尼撒戰爭歸罪於斯巴達人的善妒、火爆、好戰。山風勁吹，我站在廢墟之間，在橄欖樹的濃蔭下，似乎清晰地看見龍騰虎躍的斯巴達勇士手持盾牌長矛血戰強敵的英姿。然而，無論他們曾是怎樣的英雄，歷史老人嚴正指出：一切的外辱就從內鬥開始且綿綿無絕期。

走在橄欖樹下，我期待地相詢：「十一月過去了。日子會過得比較和平？」我先生搖頭：「下月中旬，歐盟將討論是否接受土耳其。土耳其視歐盟『改善與鄰國的關係，改善人權紀錄』的要求如同廢紙，一九八一年入盟的希臘更要全力阻止，一場惡鬥勢不可免……」

不要等到明天

——猶太牙醫和俄國藝評家的故事

牙醫茹賓斯蒂(Rubenstin)是紐約的猶太人，嫁給希臘籍的猶太建築師，在雅典開業。她不但負責監護我家三口的牙齒，也是我的小說英譯本的讀者，她和我討論的主題通常不是蛀牙和牙周病，而是人類的人權問題。

近年來，茹醫師更由理論而行動，上山下海追索大屠殺罪案的源源本本和枝枝葉葉。希臘在一九四一年春被德國法西斯占領，直到一九四四年秋，德、義軍隊才撤離。在這段黑暗的日子裡，希臘猶太人被消滅殆盡，尤其是北部大城塞薩洛尼基(Thessaloniki)更是災難深重。

「被殺害的人數高達十六萬，只有六萬是猶太人，其他十萬人包括吉普賽、波蘭、阿爾巴尼亞人以及所有沒有亞麻色頭髮，沒有藍眼睛，看起來不像日耳曼人的其他人種。」茹醫師激動得滿臉通紅。

她和她的丈夫都是二次大戰後出生的。他們的曾祖父母輩、祖父母輩以及父母的兄弟姐妹們幾乎全部葬身於大屠殺中。他們的父母飽嚐了驚恐，他們自己卻生長在和平歲月，大屠殺對他們而言只是歷史。他們都不贊成以血還血，他們對屠夫的後代也並無成見，但他們決不饒恕劊子手。他們把「將所有的劊子手，一無例外地押上被告席」當作畢生的志業。

所謂天網恢恢，那天網並不是由國際刑警組織組成的。那天網正是由成千上萬和茹醫師一樣的善良人組成的。他們是醫師、建築師、作家、新聞記者、律師、民主國家的公務員，甚至企業家、銀行家、藝術家。他們分工細緻，採用最先進的通訊設備，一旦得到有關消息，便放下日常工作，不計時間、金錢，甚至將生死安危置之腦後，全力以赴。

茹醫師最近參與的就是紀錄的工作。一日淩晨，她打電話來，她必須到塞薩洛尼基郊區去一趟，在那裡發現了一位從德國集中營逃出生天的吉普賽老婦人，精通多種語言的茹醫師將飛車近十小時，奔去看望老人家，並詳細記錄半個多世紀以前老人所遭遇過的一切。茹醫師抱歉說，「今天下午的門診只好延期。」我爽快答應她：「妳回雅典之後再說，一路平安。」因為我知道她和她的同行者們的口頭禪：「不要等到明

天。」

「你想想看，今天還活著的倖存者們多半都上了年紀，他們的健康又早在戰爭中透支了。發現了他們，最要緊的是在最短的時間內，派最合適的人選送上關愛、瞭解以及必要的護理、照顧。那些人才是真正的風中殘燭，隨時可能熄滅的。他們一旦離世，世界上就又少了一位知情人。我們的口號是：不要等到明天。今天發現了，今天就開始探訪和接觸。」茹醫師曾詳細向我解說他們的行動準則。如若是在某個天涯地角發現了劊子手留下的蛛絲馬跡，他們的行動更是快捷、無聲而有力，隱藏多年的劊子手們就是這樣，一個又一個顯出原形的。

關於中國大陸人權被踐踏的歷史和現狀，我們也常常討論，其數字化（「鎮反」和「反右」都曾按比例進行）、專業化（遍佈各地的勞改、勞教機構、監獄與拘留所）、制度化地增強內部威懾力量（由民兵而武裝警察、由調查部而國安部以及密如蛛網的公安系統）、社會化（由街頭巷尾的「小腳偵緝隊」到向學生、市民開槍的「人民子弟兵」），種種特性都使得「專政」失去法理的監控。對無辜百姓及異議人士的軟禁、拘押、監禁、凌虐、殺戮得不到任何監督，社會噤聲，劊子手逍遙法外甚至位居要津。

對於此類殺戮，最有切身體驗的是俄國人、捷克人、匈牙利人……他們終於走出

死亡陰影，但他們對於那一套鎮壓異己的特務行為、屠夫行為仍然記憶猶新。

魏京生終於得以赴美就醫。第一個打電話給我們的是一位捷克外交官，他在電話裡說：「謝天謝地，魏京生終於可以得到妥善的護理，可以多活幾年。下一位是誰？王丹和劉曉波？」對這位捷克人而言，魏京生、王丹、劉曉波以及被關押被凌虐的維吾爾青年、藏族男女老少，都是他未曾謀面但時刻記掛在心的兄弟姐妹。他一心期待這些無辜的善良人能夠恢復自由，得享平安、寧靜、有尊嚴的日子。

我的心情沒有因為魏京生的赴美就醫而稍稍緩解。世上有不少嗜血的怪獸，但少有將自己的百姓當作人質、當作談判的籌碼、當作換取利益的條件，捏在手心，或關、或殺、或放均看政治利益需要的妖孽。

我去看俄國女子妮娜，她是藝術評論家、藝術品經紀人，在雅典開了一家專營俄國畫家作品的畫廊。妮娜美麗而優雅，從她溫柔的笑容裡沒人能想到她是多麼熟悉西伯利亞的勞改營，沒人猜得到她有豐富的和克格勃鬥智的經驗，更沒人想到她是一位身體力行的戰士，她和很多朋友在一起，嚴格地清查著當年蘇聯當局製造的每一樁血案。在她的字典裡沒有「一笑泯恩仇」，更沒有「不了了之」。她和茹醫師一樣都是把握今天，不失時機為每個冤魂追討公道的復仇之神。

「舊債未償，又添新債。」這是妮娜對大陸今天人權現狀的評語。

「要像你們這樣，人人參與，很多很多的人參加記錄和追索。」我很吃力地表示我的看法。

「用各自認為合適的方式。」妮娜依然不減她的溫柔和善解人意。

今天是個陰冷的日子，今夜依然漫長而黑暗，如果大家依舊渾渾噩噩，明天大概還是淒風苦雨，沒啥盼頭！

丁香與燭光

一九九九年的復活節，一個不能更晴朗的星期天，後園裡，房東一家正在烤全羊，客人們已經湧到，衣著鮮麗地散佈在草坪上。他們和往年一樣，熱烈地說笑著，交換著各種見聞，避暑計畫也都在詳盡的討論中。

他們在過節，過一個與往昔沒有半點不同的傳統節日。羊肉已散出焦香，大餐桌上彩蛋和巨型傳統甜麵包熱呼呼地閃耀出甜蜜蜜的色澤，在鮮豔裡坦露著富足。

我在早些時候向他們賀了節，再三再四婉轉而堅決地謝絕了邀請，悄悄開車出門，順著紫丁香的指引，駛向車程僅廿分鐘的Peania，一個名不見經傳的小鎮。

小鎮在丘陵上，鎮上人口不足一千，教堂倒有三座，一座在鎮中心，巍然挺立在一個寬闊的廣場上，廣場上不但有水花四濺的噴水池，也有舒適的咖啡座。衣著齊整的婦人們走進那高聳的教堂，男人們愉快地啜著咖啡，在廣場上享受新鮮空氣和陽光，順便和友人閒聊著，順便吞雲吐霧一番。

我開車慢慢駛過廣場。

丘陵之上，另有一座上了一點年紀的教堂，鐘聲嘹亮，人們走進走出，臉上喜氣洋洋。

我悄悄轉動方向盤，車子無聲無息轉過丘陵，向鎮外滑去。

小坡上，小小平地，可停約一兩部車子。松樹、橄欖樹、橘子樹和檸檬樹結成的一道道綠色的網後面，有一座極小的教堂。在任何形式的旅遊指南上都沒有關於它的記載。一位希臘友人告訴我，那個寧靜的所在已有上千年歷史。有名與無名的人們不斷地整修它，使這個木石結構的小小建築在經過上千年風雨之後，依然乾乾淨淨、整整齊齊地站在綠蔭下。

教堂周圍有院子，院內石板鋪成的桌、凳在大樹下自自然然地占著合適的位子，沒有半點的刻意安排，似乎這些桌凳唯一要遷就的，只是樹木的態勢。

陽光透過枝葉的間隙，灑在半人高的圍牆上，灑在光潔的桌凳上，灑在教堂的白牆上，灑在木門上。

一扇門，漆色比較深，門洞卻像鑰匙洞的形狀，那是側門，神職人員由此門進出。另一扇門，漆色新鮮而明亮，穹形門楣的上方吊著一根繩子，拉動繩子，教堂那小小鐘樓裡的鐘就被撞響了，發出不那麼嘹亮，但嗡嗡然，很有後勁的鐘聲，顯出那鐘的歲數。那是正門。

門是永不關鎖的。用手指輕輕一推，門就開了，堂內光線不足，只見燭光點點，照亮牆上那一幅聖像畫(Icon)。

聖母和聖嬰竟像平常人家的母子，笑得開朗而美麗。據說，那幅畫已有五、六百年歷史，人們不斷修補它，使它永遠完整如新。

教堂內外只有我一個人。這裡，沒有半點市聲，微風吹動樹葉的沙沙聲也似乎被厚厚的石牆阻住了。在蠟燭燃起的輕煙裡，似乎只聞得到丁香的馥郁，那唯一來自外面世界的訊息。

一個多月來，積聚在心頭的悲憤一點點地掙了出來，在本來似乎靜止不動的空氣裡振動起來，空氣有了厚度，有了壓力。

從這裡，從這個悄無聲息的所在，往北，往西，數小時車程而已，就可以進入一個充滿悲劇和荒謬的所在，那裡有五十萬難民，痛失家園，痛失親人。隔著一道細細

的邊界，他們的家被洗劫，在大火中化為灰燼。

煙塵是不懂得國界的，它們從科索夫飄過來，飄向阿爾巴尼亞，飄向馬其頓。煙塵使得難民們的眼睛再次盈滿淚水。

往北，貝爾格萊德四處起火，北約的空中行動正在以痛擊阻止將科索夫夷為平地的暴行。

援救的人員和食物、藥品迅速而大量地進入難民的營地。援救來自歐洲、北美，甚至遙遠的以色列，遙遠而親切的臺灣。

但是，在燭火的閃動裡，我一再詢問：這到底是為了什麼？

只因為不同的宗教信仰，只因為歷史上的血跡和痛楚，人類竟愚頑至此，要用新的血跡和痛楚來作引子，引發將來的殺戮。

我們沒有選擇，我們不能視而不見，我們不能容忍塞爾維亞人「種族滅絕」的兇殘，我們也沒有法子接受部分東正教徒（無論他們在俄國或是希臘）對「非我族類」的蔑視和輕賤，我們也同樣不能坐視一個暴虐的政權對「少數民族」文化、歷史的趕盡殺絕，對活得比自己好的骨肉同胞的文攻武嚇。

小教堂歷盡世間風雨，正以它特有的寧靜溫暖著我。我在黯黯的角落裡找到一個

小小木箱，塞進去我的一點點奉獻，在小桌上拈起一根長長的蠟燭，點亮了它。

你期待什麼呢?祂問我。親切而安詳。

智慧。人類需要智慧。我的心回答。

復活節那一個下午，在被陽光曬暖的石凳上，我坐了很久，沒有人聲，只有花香。門內，黯黯的，燭光正亮。

硝煙落盡

人在雅典，如果時間充裕，可以聽憑機遇的牽引，注視歷史中的某一個點或面，得些意想不到的經驗。

九月初，為了一本書的整理，關起門來，冷淡了朋友。工作告一段落，這才致電問候。

歷史學者、古董書商斯塔佛羅斯先生告訴我，他將關閉他的古董書店，回到雅典市中心，開一間辦公室，將服務對象限制在博物館、藝廊和經驗豐富的收藏家。

「這一下，我可以讓自己有更多的時間去尋找有意思的出版品。」他很高興。古董書店面對社會大眾，業者不僅需要專業知識，更需要懂得如何深入淺出地引導。多年來，斯先生分身乏術，每念及何處有新發現，他卻動彈不得，十分苦惱。

美夢成真是好事，先恭喜他，然後約了時間，去他的店「泡一泡」。長長的假期，

加上忙碌的九月，很想念那些久違了的溫馨的舊書、典籍、地圖、藏書票、插圖和報紙。

遠東和中國，自然是令人關心的。數吋厚的紙張中，有一張引起我的興趣。一八五七年三月十四日"*The Illustrated London News*"雜誌的第二五一和第二五二頁。刊頭插圖赫然是五十三艘中國大帆船在珠江水面上「圍堵」一艘小火輪「飛馬」號失敗，小火輪正在快速逃曳而去。

據「目擊者」或「當事人」描述，帆船上的中國人圍堵的目的是要將小火輪上洋人的頭割下來領賞，賞金有數百兩銀子之多。「圍堵」的時間發生在同年一月九日，一個星期五。

一八五七年初，第二次鴉片戰爭剛剛揭開序幕而已，一八五六年的亞羅事件發生之後，英國於十月廿三日進攻廣州獵德炮臺，兩廣總督葉名琛不作戰守，廣州外城在廿九日被攻占。起來抵抗的只是駐守廣州的兵士和老百姓，居然迫使英國人帶著洋槍大炮撤出城去。自同年十一月到第二年元月。廣東軍民在省河上困擾、阻擊英軍，終於迫使英軍退出粵江呆在海面上待援。

這張殘頁描述的正是「困擾」與「阻擊」的那一幕。

神話與歷史總是難以分割的，好在時間已經過去了一百四十年，大段的時間可以起到一個剝離的作用。

在這兩頁有關「中國之戰」的文字說明裡，五十三艘中國大帆船上都配備槍枝，中國人更以火藥為武器，企圖炸燬「飛馬」號。至於「割頭領賞」之說更被多次強調。

記得中國人有關鴉片戰爭的記述，一八四一年五月廿九日廣州和約簽定不過兩天，英軍出了炮臺，在三元里搶劫行兇、調戲婦女，菜農韋紹光等人揭竿而起，終於釀成數萬人的抗暴事件，廣東百姓手持刀、矛、鋤、耙，並無槍枝。當時，天助廣東人，大雨滂沱，英軍火藥盡濕，不得已而退入炮臺。

一八四二到一八四九年間，廣州民眾拒絕英國人入城，清政府始終夾在憤怒的民眾和船堅炮利的英國人中間左右為難，有沒有可能懸賞購買英國人人頭，也確是很大的疑問。

一八五六年十月廿三日，英軍因亞羅事件猛攻廣州，連陷沿珠江諸炮臺，其時清軍武器仍以「火箭、火彈、噴筒、鉤鐮」為主。憤怒的民眾縱火燒燬十三個洋行。此時，英國國內的輿論激昂。

我手中的這兩頁雜誌自然也是使得輿論激昂的因素之一。

距事實最近的是關於中國水勇的聰慧和「不要命」。文字中不僅加以詳細描寫，更畫出圖來，中國人怎樣將火藥捆紮成包，或裝入削尖的竹筒，用以攻船，「飛馬」號則以木材推拒，使得火藥包沒有法子靠近。一位中國水勇竟奮不顧身想將火藥包推近「飛馬」號，被「船上乘客」擄將過去，並加以殺害。以中國人的血祭劍於英國紳士而言，並非罪過，正是「英雄」行為，不必大驚小怪。英國人在這場貿易之戰（柏楊先生語）中以軍艦大炮、以劍與血轟開大黑暗時代的中國大門，自然在英國人心目中也是天經地義的。

儘管中國人懂得浮力的道理，試著將「飛馬」號驅入淺海，令其擱淺，但拜蒸氣機發明之賜，英國人順利地逃離險境。

事情自然沒有完，「船上乘客」返回廣州，陷羊城於火海，一八五七年底，英法聯軍最終攻陷廣州。

在清政府的茫然和西方列強的無堅不摧之下，廣州百姓、廣東百姓的死傷與損失不知有沒有人仔細地計算過。

英國人是文明人，對人類文明貢獻甚巨，十七世紀起，就提倡人權保障，提倡法治精神。但是，人權保障，保障的是英國人的人權，並非中國人或非洲人的。恐怕一百四十年過去之後，一位英國公民午夜夢迴，捫心自問，要他（或她）將英國屬土公民和倫敦人一視同仁，要他（或她）將黛安娜和法伊德一視同仁也是很不現實的。

反過來看，要一百四十年前的英國人明白珠江不是泰晤士河，中國南海也並非英吉利海峽，那又過於一廂情願了，想想看吧，挾工業革命的勢頭，乘風破浪、攻城掠地，那是多麼令人鼓舞的事，怎麼停得下來呢?!

然而，物極必反也是一種天經地義，當年的中國人舍生忘死將把文明帶給他們的英國人擋在海上，想要抵擋的不僅是西方的驕矜，恐怕也是對不可知的世界本能的抗拒。

人類需要學習瞭解，人類也需要學習不訴諸武力的瞭解。這種需要在一百四十年後的今天依然是一門重要的課程。學好這門課程必須有的基礎大概是人類先得摒棄種族、宗教、文化、語言的藩籬。否則，即使入了門，也不會有好成績的。

聽了我的意見，斯先生卻說出一番希臘人的見解來。「我們渡海攻打特洛伊的時候，英國人在哪裡?看長遠一點，跑到人家家裡要人家革新，改變生活方式，不一定是好事，希臘、中國、埃及都有古老的文明，英國人跑到非洲，『尋找』尼羅河的源頭，無視非洲人、埃及人由尼羅河孕育出的文明；他們跑到中國，作了許多中國不瞭解、不喜歡的事情；他們跑到希臘，告訴我們怎樣發掘古蹟。其實，他們來走一走，看一看就好，不必指手劃腳，更不必動刀動槍。近代史只有短短幾頁，地球存在卻是萬萬年的事。人類該懂得生活方式可以有各式各樣的，漢堡飽和可口可樂不是一切，我寧可烤上一隻小羊腿，配克利特紅酒……」

我哈哈大笑：「現在我們由歷史進入哲學，不得了，適可而止吧?!」斯先生也笑了。然後，他問我：「這張紙怎麼辦?」

「我留下了。」我回答他：「一百四十年前的一朵浪花，畢竟是痕跡。」混沌中的硝煙與血跡依然清晰。

奧什嵐事件面面觀

二月十六日，庫德人抵抗運動領導人奧什嵐(Adbullah Ocalan)在離開希臘，抵達肯亞首都奈熱比並藏身於希臘駐肯亞大使館後，仍被土耳其警方成功劫回土耳其，他將面對「謀殺」和「叛國」罪的指控，等待他的很可能是死刑。

此一事件在希臘引發強震，包括外交部長在內的三個部長辭職下臺，輿論大譁，奧什嵐危機成為媒體頭號熱點，抗議活動此伏彼起。

英國《經濟學人》馬上作出反應，警告土耳其，不必自鳴得意，庫德人的反彈勢將猛烈於往昔，最明智的辦法是掌握時機，尋求和解。土耳其的反應是將奧什嵐押進一個孤島。人權紀錄差到極點的土耳其將怎樣凌虐奧什嵐，世人已不需要任何想像力就可以獲得答案。

PKK（奧什嵐領導的庫德工人黨）也確實馬上作出反應，迅捷而成功地撲進希臘

駐歐洲幾個國家的大使館，劫持人質，強烈地表達了對「希臘出賣奧什嵐」的憤怒。

事實上，奧什嵐曾得到敘利亞的庇護，但是土耳其叫囂「不交出奧什嵐，不惜一戰」。敘利亞迫令奧什嵐離開。在被西歐諸國拒絕入境的同時，希臘政府試圖「幫助」奧什嵐潛往非洲，這個「幫助」藏頭露尾、破綻百出，成了一齣鬧劇。奧什嵐的人身安全自然在這齣鬧劇中被完全地忽略掉了。

這也就是庫德人怒指希臘「出賣」的緣由：自然，別的國家「出賣」奧什嵐，尚情有可原，但希臘不可以，因為希臘是土耳其的世仇，且希臘政府多年來存了利用庫德人反抗運動牽制土耳其的心。庫德人悲憤到極點，於是不擇手段。

這也同時是希臘政府危機的導火線。希臘民眾牢記曾經四百年遭土耳其占領、劫掠、殘害的血海深仇，日日枕戈待旦，嚴防土耳其新的冒犯。在塞浦路斯，摩擦日日不間斷，在國際社會更是針鋒相對，寸土不讓。美國一再在希土之間謀求和解，反遭希臘朝野反對。

土耳其從未向國際社會表達過絲毫的向善之心，對外一味爭權奪利，對內殘酷鎮壓任何反對運動、異議人士。庫德人生活在土耳其、伊朗、伊拉克、敘利亞四個人權紀錄不忍卒聞的國家交界之處，他們擁有自己的語言文化，他們期待公平對待，盼望

有尊嚴的生活。和平地表達意願的人們被鎮壓得無聲無息，「有聲有色」的只剩了PKK的頑強抵抗。在PKK的組織領導之下，參與抵抗運動的庫德人，不分男女老少，人人皆兵。一個已經失落了一切，且在長達十五年的纏鬥中三千多個村落被蕩平、三萬七千回教徒死於非命的民族還有什麼可以畏懼的呢？他們選擇了「戰鬥至死」不僅是歷史的悲劇，更是現實的殘酷使然。

對於美國和以色列而言，土耳其可能成為制衡伊拉克、敘利亞的一個籌碼，在維護中東和平的大方略中，二千三百萬庫德人的悲慘境遇以及他們的情感被「忽略不計」了，只是通過聯合國略有彌補而已。

這，有一點類似七〇年代初，尼克森、季辛吉訪問北京，為了制衡當年的蘇聯，十多億在文革浩劫中苦苦掙扎的大陸百姓的情感被「忽略不計」了，二千三百萬奮進在奔向民主的征程上的臺灣百姓的情感也被「忽略不計」了。

對於歐洲各國而言，庫德人的抵抗運動不完全是「恐怖分子」的同義詞，他們注意到了土耳其「歧視少數民族」的政策，注意到土耳其蔑視人權的種種劣跡，但他們不願惹禍上身，豐衣足食的西歐沒有法子大開門讓朝不保夕的庫德人來到自家豐美的餐宴中分上一杯羹，他們最希望看到的是，庫德人的問題在伊斯蘭世界裡平靜下去，

而不把火星濺到基督徒的世界裡來。

希臘與土耳其不共戴天的宿敵關係在今天「大和解」的國際勢態中顯得格格不入。庫德人抵抗運動令希臘朝野大呼過癮。他們對庫德人的入境眼開眼閉，但庫德難民營卻絕不是適宜人類居住的場所，他們或在人行道邊餐風露宿，或被安排到山地的難民營裡自生自滅，不定期物資援助來自民間和外國團體或國際救援組織，希臘朝野認為「准他們入境」已是大恩大德，費錢改善無水、無電、沒有學校和醫療設施的難民營則「力所不能及」也！

然而，希臘軍費開支居歐洲之冠，美國軍火的第三大客戶是擁有一千萬人口的希臘。

我站在自家陽臺上，潘達利山近在咫尺。二千多年前，山上美麗的大理石被切割成塊，經過我家門前，被運往十公里之外的衛城，修建了舉世聞名的巴特農神廟。

土耳其占領期間，潘達利山上的修道院被迫關閉，希臘神職人員在暗無天日的地下室裡傳承希臘語言文字和東正教的香火。孩子們在地窖中學習和成長，再將所學傳授下去。這個頑強而悲慘的過程延續了四百年，使潘達利山成為希臘精神象徵，名符其實的英雄之山。

今天，我卻清楚知道，庫德難民正在這座山的陰濕背風之處忍受無家、無國、無故鄉之苦。

一九二三年，希臘和土耳其之間一項強制性人口交換協定，使得五十多萬回教徒離開希臘，而使一百多萬希臘正教徒離開世代居住的小亞細亞返回希臘。

一部希臘史正是被侵占、被驅趕，飽含血淚的歷史，廿世紀的創痛更是遠遠沒有平復，奧什嵐危機使那創痛更加刺心，大規模的抗議與聲援活動和這歷史的因緣絲絲相扣。

美國一向天真地希望希臘朝野遠離奧什嵐和庫德人抵抗運動以便早日緩解希土緊張關係，實在對希臘民族的歷史悲情太缺乏感覺了。

奧什嵐落入土耳其之手，希臘民眾強烈質疑，除了遷怒美國之外，也要求政府官員謝罪下臺。希臘政府打起精神，從肯亞「救出」奧什嵐三位女助理，不斷在媒體上公開指責「奧什嵐事件」的「反人權」色彩。土耳其則忙著大罵希臘和「恐怖分子」合流。

希土矛盾深化已成事實，而且很可能成為下一世紀的新聞焦點之一。

長期被漠視、被忽略的庫德抵抗運動正如火如荼地寫出新篇章，其暴力傾向也在

彈壓之下更加高張。庫德人自治的理想能否實現，自然也是下一世紀的課題之一。

但是，正如世間無數反對運動一樣，庫德人居無定所，卻內鬥頻仍，PKK只是幾個大派別之一。奧什嵐的三位女助理劫後餘生，一踏上希臘土地就被捲入希臘政爭，而成為對席米底斯總理十二分不滿意的人們手中的一張牌，由她們口中罵出的「叛徒」兩字，幾乎成為席米底斯政府的同義詞。希臘民眾、知識分子和藝術界對奧什嵐的同情也在謾罵聲中大幅降低。

三月一日晚間，雅典市中心Syntagma廣場舉行盛大音樂會，歌者不但帶來歌聲，且每人最少帶來三萬德克瑪（合一百美金）的財政支援，同時演唱會公開募款，以「改善希臘境內庫德人的生活」。

銀盤般的滿月並沒有使廣場上的浪漫氣氛濃烈起來，庫德族歌手一方面唱出自己族人的悲傷，一方面也不忘叫罵，矛頭直指允許自己在此地獻唱，使自己不受土耳其刑法制裁的希臘政府。

很難估計，深深捲入此地政爭的庫德人還能得到怎樣真正有效的支持和庇護。

相反，在遙遠的伊拉克北部山區，拜波灣戰爭之賜，薩達姆・海珊的飛機在美國強力控制下已不再能飛越這個地區，炸彈和毒氣不能再在這個地區肆虐。生活在這個

地區的庫德人不僅有機會休養生息。聯合國更在那地區修橋、鋪路、發展經濟、辦學、建立醫療設施。而那帶來幸福的道路正向土耳其境內延伸。

也許，那才是希望所在。

祈禱陽光

一九九九年四月五日清晨，CNN電視臺播報出一片告急的呼救聲，進入阿爾巴尼亞、馬其頓、波西尼亞和蒙特尼格羅(Montenegro)的五十萬難民啼饑號寒。一位來自北歐的醫生含淚呼號，他沒有人力，更沒有足夠的藥品阻止惡疾的蔓延。人們已開始死亡。

科索夫淪為煉獄，許多村莊已被徹底焚燬，塞爾維亞人意圖使被驅趕的阿爾巴尼亞裔居民永遠無法再返回家園。

在這個堪比七〇年代赤柬製造出的血腥恐怖中，成年男子和知識分子首當其衝。政治家、人權工作者、律師、教師、曾為和平奔走的科索夫各種國際組織的領導人、參加了Rambouillet和談的人們或是被殺害或是隱藏起來。十六歲到六十歲的男人只有極少數離開科索夫、越過邊界成為難民。大量證據顯示，他們已在「種族滅絕」的瘋狂中被殘酷地殺害了。

UNHCR，聯合國難民事務辦事處不斷將科索夫的兇信報告給全世界，自一九九八年夏天就頻頻發動的戰事中，阿爾巴尼亞裔南斯拉夫公民基於安全的理由主動離家，但是自一九九九年三月起，他們卻是在槍口威逼下，不得不匆匆離家，婦女們多穿著臥室的拖鞋，孩子們來不及穿上鞋襪，他們被趕出家園，他們的家在他們面前遭到洗劫。塞爾維亞軍人當著難民的面燒燬他們的家園。科索夫第二大城Pec在大火中成為鬼域。難民數量就在塞爾維亞軍人的焦土戰役中直線上昇。

北約和聯合國試圖阻止殺戮，一再地通過外交途徑和南斯拉夫當局討論，謀求和平。南國總統米洛謝維奇(Milosevic)一意孤行，和談進行中，三月十九日，他已集結四萬軍人將科索夫團團圍住。三月廿日和談暫停，塞爾維亞軍人展開焦土戰役，自廿日至廿四日軍人和警察聯手，在科索夫製造空前的恐怖。

三月廿四日，北約通過決議開始了空中的戰役，但那時，科索夫的民房幾乎已被塞爾維亞人摧燬殆盡。北約的目的只有一個：迅速而有力地制止米洛謝維奇的戰爭行動。北約的攻擊目標限於貝爾格萊德的軍事中心，期待米洛謝維奇在重擊下履行他一九九八年十月作出的和平承諾。

北約的攻擊行動在夜間進行，以確保將傷亡減至最小，南斯拉夫內政部和警察總署被炸時正是夜深，避免了傷及無辜。

三月廿四日之前，希臘朝野對科索夫慘案置若罔聞。三月廿四日，北約的鐵拳剛伸出去，希臘人大譁，希臘大主教克爾斯多布羅斯甚至狂呼：「一場東正教和穆斯林之間的聖戰開始了！」希臘共產黨徒和共青團員們率先衝了出來，天天演出包圍美國、英國、德國使館的抗議行動，投擲燃燒瓶，焚燒垃圾，在雅典街頭製造恐怖街景。他們衝進英國駐希臘大使的官邸，砸燬傢俱，現場沒有出現一個希臘警察；反而是官邸中一位希臘裔工作人員告訴肇事者，這房子及其陳設都是一位著名希臘富商的私產，狂徒們才悻悻離去。在塞薩洛尼基(Thessaloniki)的美國總領事館大門口，一女子手提小箱走近大門，將手中小箱放置在近大門處，希臘警方看著她，只當沒事，領事館安全人員迅速將那小箱拋至館外空地，爆炸的硝煙中，安全人員要求希臘警方逮捕那女子，警方只哈哈一笑：「沒人受傷，不必小題大作。」目視那女子從容離去。

塞爾維亞殺人魔王阿爾肯(Arkan)在貝爾格萊德頻頻接受希臘媒體訪問。在電視屏幕上他獰笑著，歡叫：「我就知道，希臘永遠和我們站在一起！謝謝希臘政府和人民的支持！」然後，他惡狠狠地揮拳：「北約軍隊別想沾科索夫的土地，只要他們敢來，

他們就會發現，我，正在等著他們。美國人將遭受遠比越南更沉重的痛擊！」

四月四日上午，和房東太太在車庫相遇。她在這近三年的時間裡都給我溫柔敦厚的印象。一九二三年大遷移的時候，她的父母被迫從小亞細亞遷回希臘，痛失家園之苦使她每提及土耳其就聲淚俱下。然而，在科索夫出現大悲劇的時候，她並不同情流離失所的阿爾巴尼亞裔難民，只記住了那些難民是「回教徒」。

美麗的房東太太拋卻了一貫的優雅和從容，咬牙切齒地「正告」我：「東正教徒是不會屈服的！你等著看吧，看我們怎麼教訓穆斯林！美國人也太天真了，別忘了東正教信徒有兩千年的戰績！」

她口中的「我們」，是把她自己和米洛謝維奇、阿爾肯、瘋狂的塞爾維亞種族主義者拉在了一起。最後，她宣佈，當晚她全家將參加為支持塞爾維亞人而舉辦的演唱會。

她走了，我一人站在車庫中，眼前晃著街坊菜市上，阿爾巴尼亞菜販的身影，一週前的星期五，他們全體沒有出現在菜市上，希臘菜販告訴我：「他們全都去照顧他們的親戚了！」語氣裡滿是幸災樂禍和鄙視。我知道，希臘境內的阿爾巴尼亞人正在飛車北上，他們手裡的毛毯、衣物、糧食、蔬菜和水果將援救他們自己的同胞。他們也不忘前往美國、英國、法國、德國大使館，表達他們的感謝。

這些大使館燈火通明，外交官們取消了復活節假期，全部投身於難民救援的行動。德國人緘默不語，卻高效率地參與和平救援。二次大戰後，德國軍人第一次邁出國界，他們萬分珍惜這個奉獻的機會，謹慎地嚴格遵守北約協定，做著份內的事。

滿懷紛亂的思緒，我在四月五日上午開車去超級市場解決民生問題。超市隔壁的Cook Shop是一家德國公司，希臘裔的麥可和艾瑪夫婦曾在美國佛羅里達州經營廚具多年，回到雅典，努力經營這家店，Cook Shop連鎖，在全希臘共有六十多家，麥可經營的這一家，正在我住的薇莉西婭區，我常去買東西，和這對夫婦也成了好朋友。

這一天，Cook Shop門口圍了很多人，大有要砸店的架式。我馬上想到了科索夫，就衝了過去。超市經理一把抓住我：「你不能去，他們都是KKE！」（希臘共產黨名稱縮寫）我笑笑，謝了他的好意，大踏步奔了過去。

麥可一見我就大叫：「Teresa!你來得正好！也許可以解釋給他們聽！」他講的是英語。

眾人中有十位男女留了下來，我請麥可打開一張小圓桌，請艾瑪去叫咖啡和茶，我穩穩站在桌邊，準備迎戰任何形式的攻擊。

一位肥胖、粗眉大眼的婦人首先發難，大叫：「美國轟炸貝爾格萊德令人震驚！

看看塞爾維亞婦人和孩子的眼淚吧！」

我靜靜回答：「三月廿一日，二萬阿爾巴尼亞人在槍口下被當作人肉盾牌，塞爾維亞人用這些人質作為前陣向阿爾巴尼亞游擊隊進攻。二萬人質中多是婦女和兒童。在從Cirez到Srbica的途中，人質死傷無數。」

「目前，科索夫已成廢墟，在三月下旬的殺戮中，在Srbica槍殺一百一十五人，Podujevo則有二百多人被殺害，Suvareka，那個小地方也有一百多人被殺。整個科索夫在血泊中，被殺的人是丈夫是兒子，阿爾巴尼亞裔母親和孩子的淚水早已流成了河！」

那女人憤憤望我，另一男子接上來：「德國人在第二次世界大戰中殺了那麼多希臘人、塞爾維亞人，他們有什麼權利出兵?!」

我直視他的眼睛：「如果祖父對人類犯了罪，我們仍無權剝奪他們的後代為世界和平作出貢獻的機會，今天，德國政府早已不是五十年前的納粹政權，今天的德國軍人正在救援數以萬計的難民。」

那男人大笑：「我們也會放五萬穆斯林進來，他們是便宜的勞動力，我們會教他們好好幹活兒，教他們怎樣尊敬東正教徒。」男男女女一陣大笑，個個樂不可支。

「穆斯林是自由人，不是奴隸，別人可以不信仰他們的宗教，甚至可以不喜歡他們的生活方式，但沒有人有任何權利殺害他們的男人，將他們的妻子兒女淪為奴隸。如果有人持續這樣作，只不過是播種仇恨，仇恨的根、莖、葉都是有毒的，播種仇恨，收穫的必是加倍的仇恨，二千年的仇殺還不能使人睜開眼睛嗎？」

我的話聲未落，超市的擴音器裡播送出韓德爾的彌賽亞，一時間，阿利路亞的歌聲直衝霄漢。我周圍面目痴呆的男女紛紛在身上劃十字。

「我相信，你們的上帝也教你們愛人而不是殘害人吧！」我說完了這句話，發現他們都不再出聲，就又說了一句：「我們現在該作的事是共同來制止恐怖行為，尋求重建和平的可能。」

一個男人懷疑地問：「我們？」

「當然，別忘了，希臘也是北約成員國，希臘政府也投了贊成票，參與北約共同行動。」

「什麼時候？」那男人口不擇言，別的男女都露出不自然的臉色。

「自一九五二年起，希臘和土耳其前後腳進入北約。」我說完了要說的話，最後以「最少，我們可以同聲祈禱，祈禱陽光，期待陽光帶給難民乾燥和溫暖，讓他們少受一些苦。」

待我出得門來，超市經理仍在緊張地等我，看我毫髮無傷，快步迎上來，悄聲問：「他們在作什麼？」

「祈禱陽光。」我回答。經理先生若有所思地放心離去了。

我站在超市門前的方場上，悲從中來。跟在波西尼亞的情形一樣，三月廿六日深夜，在一個叫作Djakovica的小地方，塞爾維亞人縱情狂歡，舉槍濫射，當場死亡的阿爾巴尼亞裔就有數百人。從科索夫傳來的兇信證實：三月底，死亡人數早已超過二千。而在Pristina，被洗劫的阿爾巴尼亞裔被驅趕到丘陵之上，他們只有一天到兩天的糧食。消息是數天前傳來的，現在，死亡正迫近他們！

我不敢奢望和平，因為經過二千年，人類並沒有學得多少智慧。我只能請阿波羅看一眼那塊浸透血淚的土地。雲開霧散，正義之師早日奏捷，宗教狂熱分子和種族主義者收起他們的兇焰。立誓回家的難民得以返回破碎的家園。

以後的事只好寄望於人類的成長，但願廿一世紀和這個災難重重的世紀有所不同。

打個「擦邊球」吧！

歷史學家告訴我們，希臘人是追求和平與完美的民族。當希臘人放下戰爭，在奧林匹克展開競技活動的時候，歷史學家所言不虛。

不幸的是，一九九六年八月一日初抵雅典，短短半個月功夫，我卻有了完全不同的看法。

八月十一日，一個屬於渡假月的星期天，一個在全國半癱瘓狀態中的炎炎夏日，一群希臘裔的塞浦路斯人衝過了聯合國和平部隊管轄的「無人地帶」。好整以暇的土耳其裔的塞浦路斯人馬上圍了過來，手中的鐵棍、木棒專朝對方的要害處招呼，於是，手無寸鐵的希臘青年一死，四十一受傷。頭戴藍色鋼盔的聯合國和平部隊人員努力要把人群分開，減少流血。打人的和被打的糾纏在一起，奔騰跳躍，形同瘋狂。

兩天之後，隆重的喪禮在塞浦路斯舉行。希臘和土耳其兩個民族逾千年的仇殺所

產生的仇恨在喪禮中成為主旋律。

第二天，也就是八月十四日，聖母昇天日前夕，希臘青年前仆後繼，十一日被打死的青年的一位堂兄或是表弟，赤手空拳地又衝過了那無人也無物，連草都不生的地區，一直衝到土耳其國旗的旗桿下，異常英勇地攀爬上去，再一次守株待兔的土耳其人這次採取了更為簡單的辦法，一槍直取咽喉。於是，人們從電視屏幕上看著那青年頭一歪，鮮血從脖頸上噴湧而出，迅速從旗桿上滑下，倒斃在灰塵中。

錄影機忠實地留下了一組血淋淋的畫面。我忍不住在想，那青年知道必死無疑，所以準備好全程錄影的嗎？希臘友人卻說，那青年是準備扯下土耳其國旗就跑回自己人一邊的，並沒有準備去死……

我不禁愕然。看過八月十一日血腥場面的一個外國人也會對土耳其人那種：「好小子，來的好！打的就是你！」的心態一目了然，決不會輕易往槍口上撞的，和土耳其人纏鬥千年的希臘人竟沒有這種智慧嗎？

於是，有了第二次隆重的喪禮，兩次喪禮之間只隔了短短三天。

這次又不同於上次，上次除了國旗蓋棺之外，整個儀式的沉痛氣氛壓過了激越。這次卻不同，喪禮不僅悲壯，而且充滿了「血債血還」的強烈意願。

參加喪禮的希臘政要口口聲聲要為倒下去的兩位英雄報仇雪恨。

政客們個個說出許多狠話：「塞浦路斯兄弟們，希臘屹立不搖，永遠是你們的堅強後盾。」

報仇！雪恥！成為第二次喪禮的基調。

於是，群情激憤，死難者家屬哭聲震天，電視屏幕上淚雨紛飛，熱度在不斷昇高。

另一邊，土耳其朝野歡欣鼓舞，殺了人，星月旗高高飄揚，一副喜不自勝的模樣。話語中：「希臘人，只要你敢過來，我就揍你！打死不償命！」溢於言表。

這一廂，希臘人悲憤地高呼：「我在自己的島上，想去哪裡是我的自由，你憑什麼殺人！」

多少年來，雖然希臘治權已經退出了小亞細亞，作了五百年亡國奴的希臘人卻將仇恨已化作了血液。可悲的是，對象並非善良之輩，並非把祖先的恩怨拋進大海的和平的人群，他們血管裡流淌著的，也是仇恨的血液。

日子一天天過去，政府主辦的電視臺仍播放著血腥的鏡頭。九月大選在即，政界人物紛紛表態，給那逐漸昇溫的民族情緒加柴、煽火。

沒有一個聲音問一句：為什麼希臘人要赤手空拳奔過去挨打？為什麼土耳其人那

一槍本可以朝向天空，不傷及性命的，卻要直取咽喉？

難道，血腥真會產生快感嗎？

我更想提出問題的是：在群情激昂的時候，兩國政府和軍隊為什麼不約束自己的民眾，為什麼不能打個擦邊球，將濃煙烈火疏導開去，反而睜一隻眼、閉一隻眼，縱容民眾釀成事端?!

面對這一場毫無意義的殺戮，我無話可說，只在心裡祈禱：結束仇殺，實在忍不住的時候，打個擦邊球吧！願上天賜給你們雙方這點起碼的智慧。

輯二　世人群像

洞天福地薩凡納

薩凡納(Savannah, GA)聲名大噪自然與John Berendt那本暢銷二百五十萬本的大書“*Midnight in the Garden of Good and Evil*”有關。這位紐約人把自己牢牢地拴在薩凡納，將其神髓與魅力賞析夠了，又傳佈給世界。“*Midnight*”不僅成為電影和電視節目，更成了薩凡納接待觀光客的好市招，禮品店更以其神祕色彩招徠顧客。

更早些，人們對薩凡納有興趣多因其地理位置絕佳：傍河，近海口，不遠就有絕佳的海濱勝地可以避暑。

愛美食的人來薩凡納尋覓可口的海鮮。愛老房子的人在這裡踏上戛戛作響的木頭樓梯，瞧著近兩百年來，人們怎樣把希臘、羅馬、埃及建築形式熔於一爐，蓋了些可供後人觀賞的住宅和庭園。愛美景的人流連在一個個小廣場之間，橡樹上披掛著的Spanish moss，使這些小小的方場增長了歲數，陽光從那些苔狀藤狀的枝葉間照射下來，

如同蕾絲，輕柔、秀美。對河運和海運和海上冒險有興趣的人更不能忘記，自薩凡納到倫敦只有兩個月航程，而早年養蠶業、繅絲業在此地興盛卻是與這航程緊密相連的。隨著英國人的大批擁到，來自古老中國、義大利和法國的紡織技術也在此地生了根。時至今日，河運和棉紡仍然是小城薩凡納最重要的經濟支柱。薩凡納又是一個推理小說愛好者的流連之地，十八世紀上半葉，此地由英國人發現，戰爭與革命使得文獻毀於劫難，臆測與傳言應運而起。小城充滿神祕。印地安人在小城歷史上留下的痕跡讓那神祕更加多姿多采。

在六十五平方英里的城區聚居著廿七萬人口。大學有六所，其中一所科技大學，兩所藝術專科學院和三所綜合大學。The Savannah College of Art and Design更是全美著名的藝術與設計學院。所以，小城薩凡納也是學子聚集的所在。

但是，以上所有吸引人的各種特色都不是我造訪薩凡納的主要原因。我在七月卅一日趕到薩凡納，就是要細細觀賞每月第一個星期六在河邊沿岸空場上舉辦的手工藝博覽會。一九九八年的八月一日，正是這樣一個星期六。人們搭乘各種交通工具趕到此地，在夏日並不算炎熱的陽光下，大型遮陽傘將河邊裝飾得鮮豔而明麗。人們穿梭其中，在一個個熱情好禮的攤位前徘徊許久。

不愧是歷史名城，匠心獨具的銀匠把落了單的銀製刀叉、勺子改作成胸針、髮夾、鑰匙圈。客人們選到一件可心的飾品，翻轉來一瞧，十九世紀甚至十八世紀某個名門望族的縮寫或徽飾赫然在手裡閃亮。這一下，喜出望外，趕快掏出錢包，奉上謝儀。銀匠卻只瞇著眼笑，並不驚奇。

博覽會上，無論木器、石器、金銀飾品、陶或瓷，無一不精細，大批鋼筆畫更是一絲不苟，尤見歐洲早年拘謹畫風。

忽見鏡框中魚兒鮮活，色彩斑斕，細看竟是彩紙剪裁，立體粘貼而成，難怪栩栩如生。一位老人，白衣白褲，頭戴白色涼帽，臉色紅潤，正坐在折疊椅上悠哉游哉剪小魚。看我有興趣，並不忙談生意，只告訴我：「小魚每一條都不同，且都是用再生紙剪成，合乎環保精神。」看他手指靈動，三刀兩剪，一條小魚頭尾俱全「活蹦鮮跳」。看得有趣，就和這位老人聊了起來。

想不到的，老人是加拿大移民，退休之後，老伴辭世，這才動了南遷的念頭。而選中洞天福地的薩凡納，只是因為「掃雪掃了幾十年，累了，薩凡納沒有雪。」老人的藍眼睛笑得坦誠。

北國冰封。孩子們大了，離巢而去。老伴一走，住了幾十年的老屋成了傷心地。

閱歷豐富的老人不是有很多故事可以告訴世人嗎?遂小心詢問,老人有沒有寫故事的願望?

「有人寫書,也得有人看書不是?我選看書的行當,把比較辛苦的寫書的行當留給比較勤快的人。」老人狡黠地笑,剪刀在陽光下閃亮成一朵花。

原來如此!

《天搖地動》之餘

喬治・庫隆尼在夏季勁片“*The Perfect Storm*”裡展現平民英雄本色，大戰暴風雨，高踞美國票房榜首數週，直到最近才被一恐怖片擠到亞軍位上。庫隆尼本人帥得精采，高踞「最有價值單身漢」榜首，無人能比。一時成為夏日消暑話題。

「端得精采！」年輕氣盛的電腦新貴表示意見：「明知幾乎不可為而為之，是人類精神可貴之處！」說完，還站起身來，人人看到他衣著舒適而考究，不禁會心地笑了。

「絕對是電影製作的里程碑！」義大利畫商指出要點，此君在華府以眼光遠大聞名於美術界。他的讚詞大家都點頭。

「其實，電影和生活有太大的距離。」《華盛頓郵報》「品味與格調」版記者、身手矯健的L小姐款款發言。人人都知道她最近剛剛採訪了一位真正的弄潮兒，據那位

海上英雄說，颶風來臨，不幸船上有人落水，最多拋個救生圈，船上的人絕不會冒險入海救人。因為「狂風惡浪之中，落水的人轉瞬之間就不見了。」人生遠遠較藝術作品殘酷，由此可以證明。

正準備去地中海避暑的歐洲金融家溫文爾雅地輕輕出聲：「事實上，鏖戰海上暴風是可以避免的，當然，人面對挑戰的頑強被庫隆尼表現得十分傳神。」美國人都沉默了，一言不發。

大家心裡恐怕轉著同一個念頭：你是有錢人，飽漢不知餓漢饑。你怎能瞭解一分錢難倒英雄漢的況味?!你這生來有錢的傢伙又怎能明白庫隆尼所代表的普通人期待改善生活的基本願望?!

不錯，魚多錢多，打到魚大家的各種問題可以有所紓解，幾乎是漁民冒險出海，冒險闖暴風圈的唯一理由。電影《天搖地動》誠實說出了這一主題。

然而，畢竟還有些更深層的東西，對大海的深沉感情，對打魚這一行的興趣，對自己「永遠能找到魚」的滿滿自信，一環連著一環。於是我們看到了一場完全沒有勝算的搏鬥。

狂怒的大海、滔天巨浪之間，那一葉小小的船，在浪的高峰與深谷之間，其生存能力遠不如一條魚的人類，那小小的，幾乎不可見的身影。

「除了悲壯之外，我們大概很難找到另一個恰當的說法。」我打破了沉默。大家都回過神來，繼續談笑自若。

沒有人明白我內心最大的感受。我感謝高科技提供的可能，記錄了海神波賽頓最完美的一個傑作，海浪直逼蒼穹的壯闊。我理解氣象工作者看到兩個颶風圈形成時的讚語：完美！我也理解「人定勝天」不過是小格局的妄語，自然的偉力有其法則也有其遊戲規則。波平如鏡的愛琴海畔，衣著整齊的老人每日釣一條魚，心存感激地提回家去是一種人生。龍口奪糧，不惜與海神大戰，雖然毫無勝算，卻含笑完成了自己也是一種人生。

不同的人生，但都是美麗的。

最美的，仍然是大海，只可遠望不可近觀的，深不可測的，喜怒都美到極致的大海。

人類除了讚嘆之外，並沒有太多的選擇。

有關槍的教育

溫文爾雅的達利夫婦在我家晚餐桌上爭執起來了。首先發難的是大腹便便的達利夫人，她將在今年九月生一個男孩，餐桌上的話題很容易地滑進了「親子教育」這溫暖的池塘。一位女士順口提起了眼下五光十色的嬰幼兒玩具。

「我絕不要我的兒子玩弄一把塑膠的玩具槍。」

隔著四、五位客人，達利先生馬上回擊：「槍和有關槍的教育都是必要的。」大家心知肚明，這對夫婦將爭論延續到別人家裡來了。人人緊張思索，看自己應當如何保持主見而又能緩解餐桌上的氣氛。

坐在達利夫人身邊的男士們提出各種例案證明「持槍之可怕」。七歲男童拿著舅舅的槍，一槍擊斃六歲女童。動物園入口處，兩幫少年鬥口之後，拔槍射擊，傷害了跳躍著，準備去動物園玩個痛快的孩子……大人擁有槍枝、彈藥，缺少家教的孩童或出

於好奇，或多少明白槍所代表的殺傷力，舉著槍去解決自己解決不了的問題，闖出大禍。

坐在達利先生身邊的女士們卻都是戰神雅典娜的化身。她們也有無數例證，證明「好人」持槍之必要。世上有那樣多的兇惡之徒持有槍械。「好人」手中有了槍，生命安全、私有財產多少得到一些保護。在美國「絕對禁槍」不僅辦不到，也是不必要的，因為社會並不安全。

對面進行的溫文有禮的說理活動並沒有降壓作用。達利夫人不再掩飾她的厭惡，手中的刀子在盤子上刮出刺耳的噪音，她再次聲明：「讓嬰幼兒接觸『槍』這種玩具只能使我們氾濫成災的暴力文化一發不可收拾。」

在座客人無不噓出一口氣，大家一齊將矛頭對準「文化」，好萊塢大製作的許多叫座電影，許多玩槍的好漢和帥哥們都成了在座嘉賓譏諷的對象，一時間「和平主義」大大抬頭，達利先生為扳回頹勢，將話題轉至法律領域。

事實上，在美國立法限制槍枝買賣是極困難的。民間有持槍的自由是憲法賦予的公民權。因為社會上暴力事件層出不窮，於是輿論要求立法：有惡性紀錄的、販過毒品或因暴力行為受過刑責的、精神方面有問題的、酗酒而不能控制自己行為的，都應控制其買槍的自由。

議論至此，大家的聲音都小下去了。誰能扮演上帝的角色，決定不給某些人向善的機會?!誰能說，某人犯有前科，他將不再能改過自新，而應以剝奪其某方面的自由為懲罰?

我們所有的人，誰有權利懲罰別人?!

只聽刀叉輕輕碰到盤子的聲音，間或有人小聲地咳嗽。達利夫人也擰起眉毛陷入深思之中。只有達利先生神情愉快地將小牛肉切割成四四方方的小塊，細嚼慢嚥，不時讚美一聲肉品的美妙、廚藝的高超。

參加討論的，都是生在美國，長在美國的第X代移民。一直沒有發言的是兩位來自歐洲的語言學家，先生是瑞典人，太太是捷克人。

在靜謐中，美麗的捷克婦人輕聲說：「那一年，蘇聯占領了捷克，如果，當時的布拉格人每人有一枝槍!」

漢娜的憤怒

芬蘭語言學家漢娜・凡格納在美東一個少年閱讀夏令營中發難，要求主辦人在放映迪斯耐卡通《小美人魚》電影之前，為孩子們朗誦丹麥作家安徒生的原著，也就是卡通影片賴以脫胎出來的那個原形。

安徒生童話是每一位教育工作者熟悉的經典。一八三七年，安徒生創造了〈海的女兒〉，那位美麗、善良、充滿犧牲精神的美人魚。她畢竟沒有戰勝邪惡，贏得一個凡人的愛情，而變成了海上的泡沫。迪斯耐卡通卻給了美人魚一個歡天喜地的美好結局。

漢娜曾和丹麥的學人一起詰問迪斯耐，當然因為理念不合而作罷。

安徒生的創作卻使丹麥人無法不懷念那海的女兒，為她樹立了一座巨大的銅像，使她不但活在天國裡也和丹麥的男女老少一起迎接每一個黎明。

「那就是文學的靈魂！而你們卻想用卡通來取而代之。」漢娜憤怒了。

夏令營裡的教育工作者婉轉地勸慰漢娜：「安徒生的作品當然是偉大的，但是讀給小朋友們聽，不是太殘酷了嗎？待他們長大一些，再去閱讀也不晚嘛！」

「我們是從嬰兒期開始愛上安徒生的。〈海的女兒〉是每一個孩子的床頭故事。」北歐人漢娜十分委屈地再次表達了她的意見。

她和安徒生筆下的美人魚一樣，奮戰之後，並沒有得到一個喜劇的結局。

我把她從戰場上接到家裡，對這位屢敗屢戰、不屈不撓的學者懷著敬意。

她問我對卡通《花木蘭》的觀感。那還用說嗎？頂天立地的巾幗英雄在卡通裡是一位頑皮、心裡像長了草一般的「野」丫頭。然而，今日的美國兒童會喜愛這位「站無站相，坐無坐相」的頑皮、勇敢的女孩，而不會對在中國民間流傳一千五百年那位先是「當戶織」，征戰十二年，回家之後依然「當窗理雲鬢，對鏡貼花黃」的孝順女兒有什麼親近的感覺。

一首《木蘭詩》四百字而已，樹立起那樣一位文武雙全、毫無私念的女英雄形象，豈是一部卡通所能替代的。然而，市場法則畢竟不能小覷。

到得家中，兒子和他的朋友正在樓下打電動玩具。兩位少年只站起來向我們問了好，就準備繼續他們的遊戲了。

漢娜不愧是久經戰陣的學人，她很客氣又很固執地向孩子們「請教」一個問題，要他們談談對《哈利・波特》系列的看法。我的兒子笑而不語，另外那個男孩卻很酷地一晃頭：「哈利是誰？新的棒球明星嗎？」漢娜再也忍俊不禁，大笑出聲。

兩個美國小子藉機脫身，向樓上邁步，準備離開我們的視線到電腦房去玩個痛快。

漢娜繼續進攻：「那你不會也不知道安徒生是誰吧？」

那小子停下步來，回頭笑答：「那可不一樣，我要是不讀安徒生，我老爸老媽早一腳把我踢出家門了。」

言罷，二人連蹦帶跳，瞬間不見了。

詩人與自由

自八月十一日起，半個月裡，無論那熟人或朋友是東方人還是西方人，見面第一句話就是：「有沒有詩人的消息？」大家不能滿足於報紙、甚至網站上的消息，大家都要準確知道：詩人怎麼樣了？詩人是貝嶺，黃貝嶺。

多維新聞社說貝嶺主編的最新一期的《傾向》雜誌刊登了愛爾蘭詩人希尼的作品、介紹了中國的地下文學與宗教發展、德國知識分子對柏林牆倒塌的思索、「封閉社會」知識分子的問題、劉曉波、廖亦武在獄中的詩作。於是，想開個文學研討會的貝嶺被捕了，兩千本《傾向》被沒收了。詩人失去了自由，那是在北京。

金髮碧眼的男女們問我：「你和詩人見過面嗎？在哪裡？」

在臺北，在誠品書店，一個星期五晚上的詩歌朗誦會，貝嶺蹲在前排，聚精會神地聽洛夫的朗誦。

洛夫是誰？洛夫是由大陸而臺灣而加拿大的詩人。他平安嗎？他平安，安安靜靜地在加拿大寫詩，讀書。那就好！

那晚上，還有別的詩人嗎？有！有張默、瘂弦、杜十三，好像還有辛鬱和管管。他們都平安？他們都平安。他們不是在臺灣就是在新大陸。那就好！

大家點著頭，你們沒有再見過面？沒有，但是我們通信，通電話。大家不再發問，他們只要聽了，大家聚精會神。

他在信裡說：讀你的信，真的感動，它使我想了許多，想到自己為什麼總是想回去，為什麼覺得留在美國和歐洲的生涯裡缺少的某種東西，以及不斷被意識到的失落。他寄來《傾向》，他甚至寄來瓦茨拉夫・哈維爾的《獄中書簡》。他說，誰會細讀呢？

金髮碧眼的男女問：「是給哈維爾夫人奧爾嘉的信件？」是的，正是自一九七九到一九八三年的那些可愛的信件。「我們都讀過的。」然而，我這一本有貝嶺的一篇代序，側寫哈維爾，這是中文本。微笑出現在人們的臉上，通過哈維爾，他們親近了貝嶺。

今年四月十二日他寄來了他和謝默斯・希尼的對話，部分的對話，仍在整理中，

尋求最佳翻譯的對話。他在信中說，「我回來了，可又要走了。在任何地方的鄉愁中，最大的鄉愁或者說最多次想起的，總是友人和一些細微溫暖的事情。」他計畫回北京三個月，那個他在那裡長大的城市。我回了他信，希望他不要動身。

夜鶯關進籠子已然唱不出奔放的歌，如果被關入暗室，那離永遠不再歌唱就不遠了。詩人和自由是連在一起的。這自由也包括懷疑和質疑，那是知識分子精神中最主要的成分，也是詩人內心中極為重要的質素，沒有這種質素詩人也唱不出動人的歌。

詩人仍有夢，仍有信任，他走了。之後，有了自八月十一日到廿六日的來自整個世界的憂慮。

至於《傾向》，那曾經是世界上最窮的雜誌，詩人在北京想散發的第十三期本來是最後的一期。然而現在，這個雜誌很可能出現外文本，這個報導過世界當代文化思潮各種層面的人文雜誌的未來可能將不再那麼窮困。

熟人和朋友都笑了。不僅因為今天是貝嶺可能恢復自由的日子。自由的風吹動著，大家熱切地希望聽到詩人和那些太陽歌手們嘹亮的、永不止歇的歌聲。

詩人，我們的詩人！大家這樣說。

風險

寒風凜冽，氣溫已近冰點。門鈴響，冷風裡站著一位廿多歲的青年，金髮碧眼，手上恭謹地捧著一張名片，客氣詢問是否需要壁爐木柴。見我搖頭，又殷殷相詢，園中樹木是否需要整枝。

天寒地凍的，似乎無人再整園子。青年答說，樹木「冬眠」，此時才是大幅整枝的最佳時節。我猛地記起後園一棵大松樹擋住大部分陽光弄得後園好大一片寸草不生。青年表示他和他的助手今天即可將此樹砍下，清除枝葉，鋸短樹幹，堆放齊整，一年之後可作壁爐木柴。他提出的工錢更是合理，我就點頭同意了。

看他手腳俐落地將纜繩甩上樹頂，一端握在手中，一端繫在腰間，猿猴般攀援而上，即知他是箇中高手。他的助手也是位孔武有力的小伙子，比那青年粗壯些，話也多些。助手告訴我，在樹上那一位十五歲就幹上這一行了，「可他還有夢想，需要存一

點錢來實現。本來今天只要把木柴賣完就沒事了，他到處找活兒幹，原因即在此。」助手很自豪地表示。

我回房去打個電話給外子，告訴他兩位青年正在放倒那棵長得不是地方的大松樹。沒想到他大起恐慌，連連催我去問他們是否有保險。待我問回來，他們確有保險，他仍然不放心，一再表示，「送貨上門之人十有八九靠不住，萬一那棵樹倒在我們房頂上或者鄰居房頂上，那禍就鬧大了！」我只好告訴他，我會站在門外，直到「危機」解除為止。

後園裡，大樹枝椏已打盡，青年正將高聳的樹冠鋸斷，用纜繩吊住一呎一呎向下垂直降落，我在心裡祈禱：年青人，你千萬把持住，別出半點差錯。

青年低頭下望，大聲寬慰我：「放心，萬無一失！」說完，露齒一笑，狀極瀟灑。果不其然，一個小時之內，我家後園已是陽光普照。青年又為兩棵山茱萸灌了水，為門前大楓樹整了枝，這才掄起釘鈀，將我家門前屋後收拾得乾乾淨淨。

忽然之間，左鄰右舍紛紛冒出頭來，熱情邀請兩位青年去他們園子裡看看，做些整枝的工作。一位鄰居悄聲說：「妳膽子太大了，那是多大的風險，一個妳完全不知道的公司，兩個毛頭小伙子，妳居然敢讓他們放倒一棵三、四十年的大松樹！」

「所謂風險，最多不過是房頂被壓塌吧？可是，一位有理想有志向的青年是多麼難得呢？他憑著技術、經驗和體力做一份有益的工作，賺得的收入有助於他實現自己的理想。我不過給他提供了一個機會而已。」我很誠實地表示。

「妳有點太浪漫了。今天是妳運氣好。此類風險今後還是避開為上。」鄰居繼續苦口婆心。

我卻站在冷風裡欣賞著那青年在鄰居家一棵巨大的橡樹頂上用電鋸修整樹冠。我並不知道青年的理想究竟是什麼，但我相信，那必是美好的。如果，小小的「風險」，可以助他一臂之力，我將甘之如飴。況且，我敢確定，春天，這條街上的風景將更加迷人，所有的樹將精神抖擻地迎接春的來臨。

團隊

鄰居比克爾先生鰥居數年，娶了日裔助理伊藤女士為妻。伊藤彬彬有禮，人多的時候，神色張皇，有如受驚的小鹿。比克爾先生已退休過兩次，年過古稀，仍然忙著上班，充滿活力。伊藤婚後，作了全職主婦，剛過不惑之年卻動作遲緩，老態畢露。

社區舉辦夏日野炊，我在盛讚伊藤壽司做得道地的同時，邀她週四聚餐，言明都是些打保齡球的球友。她興奮得很，回說她也喜歡保齡球運動。比克爾先生如蒙大赦，連說妻子出門散心是「太好的主意」。

「我們的球季自九月七日開始，漫漫夏日，我們雖不打球，仍每週聚會一次，隨便聊聊。」我一邊開車，一邊向伊藤作些介紹。

相見之下，我那些年齡從七十到八十七不等的球友們盛讚伊藤年輕貌美，讓她非常開心。坐定之後，她發現，幾位「老人」動作靈活，思維敏捷，沒有半點「老態」，

說到打球，人人都用十二磅到十四磅的球，平均成績更在一百六十分至一百八十分之間！

大家談笑風生，唯坐在伊藤身邊八十七歲的瑪姬對她十分體貼，很細心地向她介紹這家義大利館子Domani的菜式，也問問她喜不喜歡住在Vienna一類的問題，十分親切。伊藤漸漸輕鬆下來。大家正點菜，六十八歲的克麗塔大踏步進來。我們知道她正在大興土木，將老房子擴大三分之一，她將有一個極為寬大的廚房和一個光照十足的花房。

她熱情地向伊藤表示歡迎之後，就忙著回答大家的問題，向大家報告工程進度。在她的敘述中，湯姆和約翰的名字不斷被提起，聽起來，這兩位先生正主導著整個改建工程，且合作無間。

伊藤悄悄問我，那兩位可敬的男士是誰。克麗塔不等我回答，就笑容滿面地告訴伊藤，湯姆是她丈夫，約翰則是前夫。

伊藤驚訝莫名，目瞪口呆。克麗塔神色自若，解釋道：「不是夫妻，卻是朋友，約翰是優秀的土木工程師，對他曾經住過的房子瞭如指掌。湯姆和約翰更是海軍戰友，曾在同一艘航空母艦上服務。我們三個人工作起來，好像一個團隊。」

大家都含笑點頭。我知道，此言不虛，此類團隊在我的球友們的生活中普遍存在著。卡洛急病時，飛奔而來的心臟病專家正是她的前夫。一點不錯，不是夫妻了，團隊卻依然堅實可靠。

伊藤神色黯然，撐到散席，悄悄登車。大家也不以為忤，仍然親切地向她道別。回程車上，伊藤嘆道：離婚傷筋動骨，不忍回首，怎會有什麼團隊精神！她又問：「既然可以合作無間，為什麼離婚?!」

我想了想，很慎重地回答：「婚姻是非常親密的，受不了半點嫌隙。克麗塔愛乾淨，而約翰不喜歡洗澡，如此而已。但是，每天共同生活，就成了無法妥協的事。一塊兒修房子，卻並無妨礙。」

伊藤驚訝得好半天不言語，最後笑問：那和善的瑪姬，她也有團隊嗎？

「瑪姬的丈夫戰死在中途島，那是半個多世紀以前的事了。她的團隊就是我們大家，也包括妳，親愛的伊藤。」我回答。

當馬可孛羅一腳踏入冰原

血管裡流動著南歐人滾燙而不安分的血，中年律師維爾尼先生竟被政府選中派往阿拉斯加，那極北的冰原，擔任地方政府的律師，更充當「窮人」的辯護者。今天是他第一次返回華府，大家都成了他的聽眾，聽他談對於愛斯基摩人的觀感。

「哈！哪裡有什麼窮人！那地方地底下都是油，人們，尤其是愛斯基摩人個個富得一塌糊塗！」他這樣開始他的故事。

愛斯基摩人，他們不是黑黑紅紅，富富泰泰，吃起魚肉來如同中國人吃青菜豆腐，法國人吃乳酪，德國人啃香腸一樣吃得津津有味的嗎？他們不是總是笑瞇瞇的，在冰屋裡一坐數月，摩挲石頭，講故事給孩子們聽，一副樂天知命的樣子嗎？

「哈！你們可不知道，他們是世上最喜歡興訟的人。鄰居芝麻大的小過錯，他們都會報告警察，或者直接上法院！」

什麼是芝麻大的小過錯呢？「十歲的男孩、十二歲的女孩，閒極無聊，鬧出來的小事情啦，親密過度啦，偶爾吸了兩口海洛因啦，諸如此類的，都會弄到被拘留之類的尷尬境地，那都是拜鄰居告發之賜啊！」維爾尼先生兩肩高聳，一臉悲天憫人。

我腦海裡浮現出來的全是美景，壯麗的冰原，永世白皚皚的雪山，堅冰之側湍急飛騰的河流，水中或大或小圓滾滾的石頭。自然而神奇的巨大背景之上，生活著一些與世無爭，靜悄悄的人們……

「他們從不正眼看人，永遠斜著眼睛左顧右盼。他們看人做了錯事絕不正面提出而是跑去告訴警察。所以，我很忙，忙著為他們打官司。」

維爾尼先生繼續他的演說。他的聽眾們都是歐洲人的後裔，血管裡的血無論溫度高低，其濃稠的程度大約和愛斯基摩人有所不同。現在他們臉上都浮著曖昧的微笑，帶著強烈的優越感。

但是，歐洲人踏上北部冰原只不過一百年而已，愛斯基摩人在那裡卻已經生活了兩千年。沒有律師的日子想必已有一千多年啦。

我想念曼哈頓東區上城，近大都會博物館那家愛斯基摩藝廊。主人Lezko先生是一位具愛斯基摩血統、移居紐約多年但永遠和愛斯基摩藝術家保持緊密聯繫的藝術品經

紀人。我曾站在他的櫥窗前細細觀察石雕熊、海豹那溫柔、善良的表情。愛斯基摩藝術強烈謳歌親情、謳歌母愛。這兩樣寶物我都嚴重缺乏，情不自禁走進去，情不自禁想伸手摸一摸那線條圓潤的石雕。「不要緊，妳可以摸一摸，它們是石頭，被愛斯基摩人看了很久很久，細細剔除多餘的部分，再摩挲了很久很久，才是你看到的樣子。」

Lezko先生語調溫和、眼光銳利，他看人和看石頭的表情大為不同。他和石頭之間的一往情深我至今難忘。那家店所陳列的石雕藝術品價格十分昂貴，卻不缺乏市場。我每次去看望Lezko先生都發現「老朋友」已搬走，眼前盡是「新面孔」。

「那是一些很難溝通的人，雖然他們永遠只說真話，但是他們的話實在是太少了。我沒有法子揣測他們想什麼。大把的時間，他們用來看石頭。他們的毛病是，他們能把石頭看出水來……」維爾尼先生和他的聽眾忍不住大笑。

「米開朗基羅和貝爾尼尼也都有這樣的毛病，他們也都能把石頭看出水來。」我這樣說，眼前閃著Lezko先生深邃、溫暖的眼神，他背後北冰洋黑白分明、大橫大豎、神色凜然。

節慶之前

美國大選因為兩位候選人的得票情形太過接近而在關鍵性的佛羅里達州再次計票，本來十一月上旬即可得知結果的大選，拖到了感恩節前尚未見分曉。

時序一到十一月廿日，華府外交圈各種歡度年節的活動相繼展開。我不斷祈盼，希望在許多派對開鑼之前，大選已經安然度過。我極不願和任何外國人討論自己國家元首艱難勝出的詳情細節。

第一份請柬來自禮貌周到的比利時大使館。優美的花體字傳遞出邀請××賢伉儷赴會的殷殷盛情。

瞧著佛州某郡二次、三次、四次重新計票的窘態，計票人員在燈光下仔細研判投票人打出的模糊孔洞那無奈、困惑的表情，心裡五味雜陳。如果，投票人有閱讀的習慣，將投票細則細細讀過，何致於出現如許多幾近「廢票」的票面呢？為了十一月上

旬在洛杉磯的世華大會，我提前於十月廿八日去投票站投票。細則上明說：「選其一，並請仔細將空白用鉛筆填滿，以利辨識。」一個橢圓形的空白，我細心地用鉛筆均勻地塗滿那小小的空白，我相信我的國家元首將順利地得到我的一票。看到我的票被仔細地鎖進票箱，等待十天後開票，我才放心離去。

潦草、不經意、馬虎、隨便甚至完全無法辨識的票面清楚傳遞出的，正是閱讀習慣的消失甚至是教育方面的缺憾。

令人啼笑皆非的重點新聞讓我舉步維艱，努力思索著各種應對之策，盛裝華服的兩個人在趨車赴會途中各有各的心事。

「華盛頓還沒有新的國王，很怪異，不是嗎？」迷人的法國外交官迎上來，善解人意地在耳邊悄語。

「我相信，我們新的總統已經得到了我的一票。」我也靜靜回答。

「你那麼自信。」法國人不懷好意地笑了。

外子沒有我那麼好運，隔著上百個人，他的英國同行一邊舉著酒杯往我們這邊擠，一邊高聲大叫：「快，給我們一個實底，誰會贏？」

外子一手接過香檳，親切而大聲的反問那英國人，「一場秋雨之後，紅葉落盡了。

今年你有沒有抓緊時間去看秋景呢？」大家哈哈大笑，英國人放棄追問，大廳裡的話題多樣起來。

我剛鬆了一口氣，猛地見到主人正向我們微笑，趕快趨前問候。

出身世家，極富學養的大使先生表情愉快地感謝美國國家藝廊將一幅十七世紀比利時藝術家Frans Snyders的靜物油畫歸還原主。第二次世界大戰期間，納粹分子在歐洲劫掠了成百上千的珍貴藝術品。這張《栩栩如生》本來是法國一個猶太家庭的收藏，正是在大屠殺中被劫掠而去，經過多次轉賣，最後由一位收藏家在一九九〇年捐贈給美國國家藝廊。現在，不僅是國家藝廊，美國各大博物館正相繼進入調查研究中，被納粹分子搶奪去的藝術品都將被確認之後，踏上返家的路。

我記得那張靜物畫"*Still Life with Fruit and Game*"，今年感恩節，我的餐桌上，這件藝術品將帶來美麗、親切、懷鄉和感恩的好話題。那整整十八個月美國國家藝廊所進行的追蹤過程更充滿了歷史和人文的懸疑，絕對精采可期。

外國人

與德國漢學家葛先生在美國西部大城LA相遇。葛先生金髮、藍眼，混跡於熱熱鬧鬧的東方面孔中間，跟大家用低好幾個分貝的聲音說話，他的漢語相當嫻熟而典雅，自成獨特的風景。

葛先生沒有邊吃東西邊和人攀談的習慣。手上捧著便當，周圍都是熱心的人，都在向他提出許多的問題，飯菜已涼，他只能不時吞咽半口，自也是一種艱難。

我的忽然出現，且用英語和他說話，使他馬上感覺仍可以平靜地用完午餐。我不發問，只是笑著，隨便東拉西扯一番。他吃完了飯，我們周圍也已經空無一人，他微笑著鬆了一口氣。

在我們的交談中，他提出了一個少有人會提出的問題。

「在中國人舉行大型聚會的時候，妳穿插其間，待人接物的方式是中國式的或是

美國式的？」

我告訴了葛先生我的經驗：舉辦文化活動的主持人正在抱怨，人人問他要書，少有人預備從書店、從網站去買書；他嘆息，在如此環境下寫作人處境難以改善。我曾笑著回答他，當人們向我要書的時候，我就很清楚地告訴他們書店的地址和網址，順便也告訴大家書的價格。主持人說：「妳能那樣作，因為妳是外國人。」

葛先生哈哈大笑，他說，他本來以為，必得用中國方式和大家交往，才能在中國人圈子裡混得很快樂。我也笑說，混得再快樂，你也和我一樣，是個外國人。

那是在LA，離開這個大廳，把大廳裡面的人，無論什麼面孔都撒到大街上去，那麼，誰是外國人呢？我問葛先生。

他含笑不語，若有所思。

周遭笑語喧嘩，聲浪此起彼伏，我們的話題跳躍著，從華文文學到美國文學到德國文學；從大陸和臺灣到美國、德國、甚至歐洲。最後在科索夫這個地名上打住了。

政治雖是「眾人的事」，人人無法迴避，但政治畢竟是敏感話題，這位日耳曼青年如何看待二次大戰之後，德國軍人首次持武器進入維和部隊，踏上別國領土，去進行一項禁止殺戮的任務，畢竟是一個太過敏感的問題。我試圖轉移話題，葛先生卻堅持留在當地，把他的考慮作個說明。

他稍稍有點激動，他認為，德國對人類虧欠太多。世界無論怎樣變化，德國無論怎樣變化，德國軍人都不適於攜帶武裝踏上任何國家的領土，雖然目的是和平和關愛，但那一行動本身已足以引爆反彈，於達成和平任務並沒有益處。

我卻告訴他，我仍然感謝在平熄巴爾幹烽火的行動中，德國和我們在一起。

當天深夜，葛先生的話仍在腦際旋轉，我猛地感覺到了他內心的痛楚，請設想，如果在中國大陸發生一場爭端，漢人在青藏地區虐殺藏人；或是在臺海之間爆發內戰。中國人，特別是南京人和東北人是否能接受日本軍人持武器踏上中國的土地成為國際「維和部隊」的一員？德國人在南斯拉夫豈不幾乎是同樣的場景？

正在冷汗淋漓的當兒，室友匆匆進屋，說是樓下那個「老外」惱了，大家唱「卡拉ＯＫ」尚未盡興，葛先生竟一反常態，不再溫文爾雅，而是大聲提示，已過午夜，請不要大聲喧嘩。

「從來未見過葛先生大聲講話。」室友驚訝莫名。

「卡拉ＯＫ，聲量不小，他不大聲一點，你們大概也聽不到。」我想像著樓下那個場面，不禁微笑。葛先生，畢竟是外國人。

豪宅

如果，有一塊一萬英畝的土地，位置正好在一個常年風調雨順的溫帶丘陵，而且，正好手裡有一大堆錢不知該派什麼用場。您想不想蓋所大房子？如果，答案是肯定的，那麼您將怎樣來蓋這所大房子？

噢，對不起，您得關閉電腦，把計算機丟在一邊，一張白紙、一枝削尖的鉛筆、直尺、三角尺、圓規，大概計算尺可以用。要知道您的房子得在一八九五年啟用。那是一個世紀以前的事，那時候，使用電力還很不平常哩！

真的有人在世界的某一個地方建築起這樣一個龐然大物嗎？

我們可以看到一個例證，在美國東部，北卡羅萊納州，有個叫阿什維爾的小城，在那附近，就有那麼一所豪宅，她座落在郁郁叢叢的密林中，修剪、保養得極好的林野在丘陵上綿延近六千英畝的面積，還有兩千英畝的田園生產蔬菜、水果尤其是葡萄，

自然，還有一千英畝的六座花園，正中，綠樹掩映，花團錦簇中，就是那豪宅了。

這座豪宅有二百五十個房間，可以同時招待卅四個家庭的訪客，宅內有四十三間浴室、六十五座壁爐、三個廚房、一個室內泳池、一間健身房，甚至兩條保齡球球道，從外面穿越林野向豪宅進發，車道彎彎曲曲足有卅英哩長。

這是全美國最大的一所私人宅邸，她的名字叫作"Biltmore Estate"。今天，她屬於Cecil家族，她的創建人卻是威廉・西塞爾的外祖父喬治・凡德別爾特(George W. Vanderbilt)。凡氏家族是一個大家庭，一六五〇年由荷蘭移民美國，定居紐約。喬治幼年時，其家族已經在金融方面大有斬獲，他是父母最小的兒子，小小年紀已展露其超乎平常人的才智。廿五歲的時候，喬治已經非常有錢，且在遊歷歐洲的途中，對歐洲特別是法國、義大利、英國和希臘的建築形式非常神往。他有兩位曠世奇才的全力支持，一位是理查・漢特(Richard M. Hunt)，紐約大都會博物館和自由女神像的設計者，另一位是弗瑞德・奧姆斯德(Frederick L. Qlmsted)，天才的工程師、園藝學家，紐約中央公園的設計者。這三位聯手，在巨大財力的支持下，使夢想在六年內成為現實，豪宅啟用的那一年，喬治三十三歲而已。

一九〇七年，也就是豪宅完工後十二年，在整個美國只有百分之八的家庭使用電

力。但這所豪宅不但使用電力而且是最早使用電梯的建築之一。電的有效使用使得這所宅子不但具有最令人眩目的硬體設備，也使得住在這所宅子裡的人們得享世間最親切周到、細心的服務，五十位男女工人加上電力的配合，保持了服務的品質。

今天，來自美國各地，世界各地的訪客，花卅元美金和一整天時間可以將這所豪宅看上一看，明察細訪談不到，比走馬看花略勝一籌。

沿著精緻繩結，主人細心地安排了一套走訪的路線，人們緩緩前行，在比利時壁毯，希臘和義大利雕刻、名畫，美輪美奐的法國織品，中國青花瓷器之間感覺到的並不是金碧輝煌的奢華，反而處處顯示出主人高超的品味和佈局、安置的得當。喬治興趣廣泛，騎馬、狩獵、航海、雪茄和好酒、檯球、棋類，甚至自香港帶回的痲將都在他的興趣範圍之內。

最引我注意的卻是藏書，豪宅內有圖書的地方比比皆是，每間臥室，起居室更設置了書桌，文房用具安放得妥妥貼貼，常用圖書架和其他的古董傢俱渾然天成地在各種空間裡大大方方地各盡職能，見不到一絲的牽強。

此宅藏書二萬三千冊，其中的一萬冊則集中在藏書室廿六英呎高的壁立書架上。喬治自十一歲起養成藏書的習慣，他的閱讀習慣則是在童年就已經成為他生活中的重

點。八種語文的藏書是他的最愛。藏書室的設計和施工，他更是親自動手動腦。天花板上的畫作正是來自威尼斯的宮庭，喬凡尼・佩萊格里尼(Giovanni Antonio Pellegrini, 1675–1741)流暢怡人的作品。佩氏一生在歐洲留下無數「洛可可」畫風的種子，開出不知凡幾的美麗花朵。但是，佩氏作品在兩次世界大戰中被燬得七零八落。喬治的收藏使我們重溫佩氏的光彩。

壁上懸掛的畫幅，包括提香、拉裴爾、瑞尼、米開朗基羅、達文西、丟勒、凡・戴克等人的作品，一望即知，都是收藏家喬治的最愛。

波斯地毯，明代青花伴著萬冊藏書，核桃木精製的書架承載著愛書人的天堂。隔著繩纜，我細細辨認視線可能觸及的範圍，善解人意的工作人員悄悄解開繩纜，甚至幫我將一冊書放上一架十九世紀的法國閱書臺，遞過來一把核桃木鑲嵌的放大鏡。薄伽丘十六世紀威尼斯原版書以其俏皮、秀麗的插圖引人發噱。工作人員微微一笑，時至今日，藏書仍然應該為愛書人服務，儘管那是珍貴的版本。

書，散至全宅是最令人賞心悅目的事。

美國人懷著找樂子的心來到這所宅子，遊覽之餘，更到一箭之遙的葡萄酒釀造廠去品嘗陳年佳釀，和品酒專家們閒話家常。

今天，豪宅掌門人威廉·西塞爾將外祖父遺留下來的一切加以企業化的管理，昂貴的門票，精緻的禮品，好菜多多的餐廳，葡萄美酒及其副產品使他得以維持大量人力以保證此一豪宅博物館及其山林、庭園的保養和發展。當然這個企業也給阿什維爾居民帶來就業機會和勃勃的商機。大批湧到的遊客使這裡更加繁榮。

美國人懷著羨慕而自得的心徜徉其中。「有錢真好」的喟嘆之外，也有些許自豪，歐洲在戰火中損失了的美好在此地得以完善的保存。對凡氏家族，尤其是創建人喬治心存好感，謝謝他留下了這麼個美好的所在給今天和明天的人們。“Bilt”是為了紀念凡氏家族的發源地，那個荷蘭小鎮“Bildt”，而“more”則是古典英文中「開闊地」的意思。美國老百姓喜歡這個開闊地，穿梭於其中，對於這種古蹟企業化的作法非常滿意。

我卻久久懷念那擁有萬冊書籍的圖書室，也許，有朝一日，此類勝景也會出現在臺北、高雄、香港的豪宅內，也未可知！

書到用時方恨少

這句中國讀書人的格言在千禧年十月十二日這一天充分顯示了無比的正確性。

天還沒亮，正是一天裡最黑暗、最寂靜的時分，我們被炸雷一般的電話鈴聲驚起。問話如同閃電般驚猝，「高行健是誰?」、「高行健除了小說還寫過什麼?」、「何年發表?」、「在哪裡出版?」初聽之下，以為高行健出了什麼事，好容易弄明白，他得獎了。百年來，第一位炎黃子孫得了這個獎。

然而，一向上通天文下知地理的人們發現，他們對這個人一無所知。

西方人比較簡單，網站上查不到足夠的英文書，他們開始在法文、瑞典文、德文、義大利文、甚至波蘭文、南斯拉夫文和羅馬尼亞文的領域裡查找，一旦找到又發現憑幾頁文字他們仍然看不懂高行健，他們猛然明白高的獲獎有其比較深奧的原因在，但他們又迫切需要在短時間內能為高「畫一幅肖像」，也就是有個大致不十分離譜的輪廓。

「他是不是鬥士？」這是一個相當普遍的問題。

「他不是鬥士，更不是旗手。他是一個尋夢的人，他只希望他的夢可以不被干涉而已。在他的故土，他沒有作夢的權利而已。」我盡最大努力用最簡單的語言來說明一個高行健在其作品中反覆說明過的命題。

講中文的人比較麻煩，無論他們來自何方，他們的態度都是急吼吼的。他們不明白的事情很多。首先，他們不懂，憑什麼是高行健；然後是他是透過什麼途徑「推銷」自己的；然後是為什麼評審們永遠鍾情於逃亡者而不喜歡那些老老實實坐在家裡寫作的文化人？他們的共同點是他們都不認識高行健，而且都沒有讀過他的書。

好不容易，他們想起我還在電話線的那一頭，於是大聲問：高行健的書在哪裡？書在哪裡？在哪裡？!

我只好說：「小說和《沒有主義》都是聯合報系出版的，應該不難找。」話未說完，就被打斷，「妳看過他的小說嗎？」

「看過。」

「快講講！」

於是我簡而又簡，提綱絜領地談到他的一部短篇小說集和兩部長篇。

「妳怎麼那麼快就把書弄到手了?」問題後面是:「妳怎麼早早就知道了他獲獎消息而提前動手了?!」

「他的書很多年來就立在我書架上,在張潔和王若望中間,貼了藏書票,書頁上有折痕和手印,沒有什麼特別。」我老老實實回答。

「他寫得好不好?」那問題已相當刁鑽,我已無法正面回答,我只好說:「他的作品需要花心思細讀。尤其是他的戲,更不能一目十行……」

「妳還有他的劇本?」問話人幾乎在叫喊了。

「我有他的兩個劇本,連批判文章都收在了書中,那本東西是十四年前由『中國戲劇出版社』出版的,真是鐵證如山……」

不等我說完,對方在話筒中帶上了哭音:「新聞記者,整天追逐新聞,沒時間看書……」。

我只剩同情的嘆息了。

重溫那些書,感覺相當美好。高行健相當坦誠,讀他的書是一件愉快的事。

那一晚,我也有夢,門外風聲大作,天翻地覆,電腦當機,電話中只有盲音,隔窗向外望去,一片漆黑,斷電、停水,整個房子在風雨中搖搖晃晃。我摸下樓去,在

伸手不見五指的黑暗中點亮一支粗大的蠟燭。溫暖、乾燥的書房裡，滿架的書神情平和地凝視著我。我走向它們，抽出一卷，坐進一把椅子，開心得很。手中一卷書，架上心愛的書都安在，門外天塌地陷又有什麼要緊呢？

很想跟那些打電話來「找書」的人們說一說這個夢。

秋雨中的剪影

接到娜塔麗的通知是星期三。通知由殯儀館發出。向遺體告別的活動將於星期五晚間舉行。娜塔麗的丈夫阿爾特去世了。

我們搬回北維州，第一位帶著大狗「甜心」來對我們表示歡迎的，就是阿爾特。他甚至還留下了電話號碼，「有任何可以幫忙的地方，請通知我。」笑笑地，擺著手，跟著「甜心」散步去了。

去年入冬之後，大雪封門，我正躬身鏟雪，阿爾特和「甜心」適時出現，他再三叮囑我換一把長柄雪鏟，免得腰背受傷。我感謝他的好意，換了雪鏟，輕鬆多多。

今年春天，不見了阿爾特，換了娜塔麗出門「遛」狗。夏初，娜塔麗滿面淚痕告訴我，阿爾特已經除了「甜心」不認識任何人了。「和雷根總統患的一樣的病。」嚴重失憶，生活不能自理。

將阿爾特送進療養院，「每月五千美金，要是拖個幾年，我和孩子們就都破產了。」娜塔麗兩頰潮紅，滿臉驚恐。「甜心」蹲坐一邊，神色凝重。

兩個月之後，娜塔麗輕鬆下來了，「我給阿爾特換了地方，那地方雖然遠得多，環境簡樸得多，但是他仍然有很好的照顧。」她走近我，放低了聲音「也便宜得多」。「甜心」背對著她，一副「不忍卒聽」的派頭。

很快，我們就收到了這張雪白的邀請卡，阿爾特已經辭世了。

外子一進門就衝上樓去，換了黑色西裝，白襯衫和鐵灰色領帶。我換了一身深灰色，兩人匆匆上車，直奔殯儀館。天正下著雨，秋雨答答，冷而濕。殯儀館門口，「甜心」站起來走近我，我伸手摸摸她，她抖了一下，抬頭望我，滿眼憂戚。殯儀館主人金先生帶著職業的莊重表情引我們上二樓，阿爾特先生今晚歇息的地方。

我們尚未接近那間大廳，已經聽到了笑語喧嘩。娜塔麗一身寶藍色連衣裙，頭髮挽得高高的，正和賓客寒暄。他們的女兒的衣裝更古怪，銀灰裡加著暗紅，手裡搖著飲料，正開懷大笑。她的兄弟們也同樣的衣著光鮮。幾乎所有的客人都是紅光滿面。我和外子對望一眼，整個廳堂裡只有我們這對與阿爾特緣慳數面的鄰居衣服顏色最深，臉上的表情最少笑意。

「真高興你們能撥冗參加這個聚會。阿爾特的親人，生前的好友們都聚齊了，我真替他高興。」娜塔麗真誠地表達她的輕鬆和快樂，把我們介紹給大家。

在大廳的最裡面，一具棺木靜靜躺在花叢中，我走過去，看到阿爾特面色灰敗，雙手交叉在胸前，靜靜躺在白絲墊上。棺木旁邊小桌上整齊地放著一盤白色玫瑰花，向遺體告別的親友可將玫瑰花放在死者身旁。我拿起一枝花，看著阿爾特，很期待在他的嘴角尋到一絲笑意，我看到他的時候，他總是笑著的。一本正經的表情使面前這個人不太像他。

外子很快融合在人群裡，和大家談笑風生，看到我孤零零一個人站在棺木前，趕快大步趕過來。兩朵白玫瑰飄落而下，僅兩朵而已。

我們客氣有禮地穿過人群，聽到片語：「謝天謝地」，「否則不堪設想」，「他去了最好的地方，他可以滿意了」……以及和阿爾特毫無關係的人和事。大家都不掩飾他們的輕鬆和快樂。

我們快步下樓。

大門口，「甜心」端坐在雨地裡，雨絲不斷地飄到她身上，燈光下，濕透的皮毛閃著黑亮的光。

車子經過她身邊的時候，她紋絲不動，我搖下車窗，她的頭離我很近，我看清了她眼中幽深的淒涼。

車子轉彎，樓上燈火通明。樓下，一個黑色的剪影端坐不動。雨，下得更綿密了。

繁華中的幽靜

自北維州著名商圈泰森角順七號公路向西，不過五、六分鐘車程，在右手邊會出現一個路牌，指示行人右轉，那裡有一個十九世紀的老磨坊。

石子道邊盛開著石竹，粉粉白白的，一下子將車水馬龍的大道上的忙碌拋向遠處。踏著腳下平整的石子路，在花叢的綠蔭下，暑氣也不再蒸騰。

三層樓高的老磨坊座落在七號大道和七號故道之間的三角地。紅磚到頂的建築顯得異常牢固。波多馬克河的上游溪水在這裡被引進渠道。拔開三、四英呎高的小小閘門，水流帶動了磨坊外廿英呎直徑的巨大木輪，木輪徐徐轉動，一根全樹雕成、直徑二英呎的巨軸將木輪造成的動力帶進磨坊，傳動起下一個木製齒輪，帶動起數個大小不一的磨盤，整個磨坊就輕輕巧巧地工作起來了。

一點點溪水，流過木輪，產生了四十馬力的動力之後，平平靜靜地流向波多馬克

河，奔向大西洋。老磨坊不過是在水流奔向前方的路途上，向水流借了一點力而已。沒有半點污染。大工業誕生前，能工巧匠們借用大自然的小小餽贈就輕而易舉地解決了部分的民生問題。

木質的齒輪、大小軸承，再加上一點點鐵器，一些皮繩，一些木製的篩籮，連地板和牆板也都是平滑如鏡的木板。

仍然聞得到新鮮麵粉的香味兒。工作人員笑著告訴我們，這個一八〇二年開始修建，一八一一年啟動為周遭居民服務的老磨坊，現在已經是國家保護的文物景點，但是水力磨麵的功效並沒有消失，每個月仍然磨一些玉米粉、大麥粉，喜歡聽石頭磨盤歡唱的人們仍然會在「開磨」的日子裡來到老磨坊，尋找大工業之外的另外一種美麗。

大木輪被清洌的溪水推送著，轉著圈，並沒有發出沉重的聲響，我好奇地打聽老磨坊的維修工作。

工作人員坦誠相告。將近兩百年來，這個大木輪只大修過一次，小修過兩次。現代社會修舊比換新昂貴得多。去年一次小修就花掉一萬美金。但是政府有心維護老磨坊的原貌，這些該花的錢也就無人計較了。他撫摸著磨坊內傳送穀類的木質傳送設備，告訴我們：「這些設備真是結實，當年製作這些設備的能工巧匠們真是用心地想建造

一個千年不壞的藝術品。」

悠然踱出磨坊重地，用殘了的石磨盤被鑲嵌在小道上，成為真正的藝術品。兩百年前磨坊主人的妻子開闢的小小香草園裡，薄荷、蒔蘿、迷迭香依然亭亭玉立。磨坊主人的住宅裡，一架大大的百納被繃架上，尚未完成的百納被仍然繃在架上，顏色樸拙，設計大方平實，針腳細密，在在顯示著磨坊主人妻子女兒們的巧手慧心。

兒子和工作人員談得愉快，他們討論的是磨坊水力的物理原理。

外子注意著磨坊鬧裡取靜的地理位置，想像著當年七號故道旁繁忙的景像。

我卻在細看那香草園和百納被。我家窗臺上，也種著香甜的薄荷和迷迭香。我的起居室裡也有一架百納被的大繃架。手工縫製百納被仍然能使我從緊張和忙碌中擺脫出來，給身心一個自然、舒暢的休息時段。

磨坊當年一夕之間被大工業擊倒，磨坊主人經營的商店卻又存在了很多年。現如今，磨坊只象徵性地一月「磨麵」兩天，供遊客觀賞。磨坊商店卻日日開門，零售手工蠟燭，純淨的蜂蜜、乾燥的香草，手工縫製的桌布、餐巾以及用再生紙包裝的玉米粉和大麥粉。每袋一磅，售價九角美金。

現代社會，人們在電腦、電視、行動電話、飛機、汽車的包圍中掙脫出來，尋求

自然與平實的當兒，來老磨坊走走，臨去時帶回一包香噴噴的麵粉，回家做上幾塊鬆餅，很有益於身心健康哩！

不復記憶的花絮

奧林匹克運動會集中了世人的注意，連湯米・李・瓊斯都整日整夜「泡」在雪梨不肯回片場拍電影，導演催他回去工作，他居然大吼：「我已經跑不動，跳不遠了，看看人家也不行嗎?!」贏得輿論一致的同情。

智慧的古希臘人把人類用於戰爭的體能轉到競技場，近百年來現代奧林匹克每四年一次點燃聖火，競技之餘，更高唱和平、人權、平等的主旋律。世界各地運動好手視在奧運奪金為人生一大目標。各國政要紛紛借奧運之風宣傳其政治主張。自然也有不少國家在政治、經濟、軍事方面缺失多多，在奧運會上卻有風光表現，也大大挽回了自尊。

於數以億萬計的全球觀眾而言，奧林匹克賽事中的緊張、刺激、出人意表最令人懸心，賽會中的各種大小特寫和花絮也就從運動場飛向世界每一個有傳媒的角落。奧

林匹克賽會圓滿結束之後，花絮仍在各處飛舞著。

美國男籃，「至高無上」的NBA幾乎大意失荊州，只以微分之差險勝拉脫維亞隊。古巴棒球霸業終於不保，美國隊奪金。跳水皇后如何艱難地從第八名次一點一點衝上金牌。還有奧運的傳統項目，跑、跳、投的健兒們令人心動的淚水、汗水、驚喜和嘆息！最後，大家眼睜睜地看著來自非洲的運動員，一步步跑完馬拉松，若無其事地繞場一周，謙虛地微笑為禮。

當然，誰又能忘記體操運動員帶給大家的優雅和甜美。四年前，美國女孩們的淚水與歡笑尚歷歷在目，大家又把視線轉向正和羅馬尼亞隊、俄羅斯隊苦戰的大陸女孩。大特寫裡出現女孩們四歲離家在體校接受嚴格訓練，過集體生活的鏡頭，長城與黃土地的背景上，女孩們的童年完全地失去了親情，只剩了「為國爭光」的唯一目標。

劉璇年紀輕輕卻已是體壇老將，勝不驕、敗不餒、穩重而頑強，看她矯健的身影，凝立空中的美姿，甜美的笑容。觀眾心頭溢滿敬佩和憐惜。一個「花絮」爆出，劉璇正在平衡木項目上奪金，她的母親卻不能來為女兒助陣，不能在雪梨分擔女兒的辛勞，分享女兒勝利的歡欣。她沒有拿到簽證，她只能苦苦守在電視機前，等候那遲來的結果。播報員沒有煽情，只是在語氣裡稍有不平。

那花絮瞬間消失，被劉璇奪得女子平衡木金牌的喜訊衝散，人們瞬間忘記了那遠方的母親，忘記了她多年來和女兒不得朝夕相聚的失落，忘記了她為女兒的失敗與成功付出的無數不眠之夜，忘記了她和女兒期望一同遊戲，一同散步，一同去作一件事，比方說在奧運奪金的心願。

我拾起那花絮。奧運作了很多事，讓敵對的雙方在競技場上握手、擁抱；用歡笑和淚水沖淡了歧見與不和。然而，奧運卻不能滿足這一對母女一個小小的心願。上萬的運動員，他們的雙親、兄弟姐妹、朋友和鄰居來到雪梨為他們加油打氣。一位來自大陸的女孩在奧運奪金，卻不能在勝利的歡樂中擁抱自己的母親。一個人，有多少次機會在奧運奪金呢？

怕什麼呢？怕那對母女滯留雪梨不歸？

我把那花絮帶回人群，在各種花絮的議論中，談起這件事。「那是真的嗎？大概是謠傳吧？」「那是不可能的，妳一定是聽錯了。」「那位管發簽證的領事先生那一天準保是腦筋出了問題。」大家拍著我的肩，善意地笑。

無論我多麼努力，那花絮都不復記憶，不再被提起了；或是刻意地被忽略了，被忘記了。

我忽然想起，在我面前的這些人，他們終其一生沒有「被拒入境」這種事，只有他們「一時腦筋糊塗」不發給什麼人簽證，而他們自己是可以昂首闊步邁入絕大多數國境的。

我竟然忘記了那麼簡單的一個事實。

小鎮風情

入秋之後，北維州的顏色變得十分絢麗，萬綠叢中忽見一抹火紅，隨著而來的是金黃、橙黃、深紅，層層疊疊，渲染開去。

沿著五十號公路向西，循著秋色一路前行，只不過廿英哩車程，就從熱熱鬧鬧的費爾菲克斯郡來到了富甲一方的小鎮中途堡(Middleburg)。

這小鎮極有趣，一七八七年獨立戰爭時期此地已有六百人居住。其地理位置剛好在亞歷山大和溫徹斯特的中途，於是有了中途堡的鎮名。此地盛產葡萄，釀酒業自然鼎盛。此地水草肥美，適於養馬。此地樹林、草場疏落有致，適於狩獵和開展馬球運動。於是，此地一向為富人所喜。到了今天，小小一個鎮上，具歷史價值，經政府登記在案的被保護的建築就有一百六十所。

小鎮中心街道華盛頓街上有一所「紅狐狸」旅店，自一七二八年起就開始營業，

是美國最古老的旅館。喬治・華盛頓年輕時曾在此流連忘返。戰爭期間，軍事會議曾在此召開，建築本身也曾成為戰地醫院，救死扶傷。今天，人們仍喜歡其中的餐廳，自然也有興趣在那上了年紀又相當典雅的旅館裡住上一住。

只隔一條小街，步行兩分鐘而已，另一座豪宅矗立在華盛頓街上，如今掛著公司的銅牌。側門一扇連一扇，在落葉紛紛中展示著深宅大院的神祕和幽深，在一座軒敞的庭園之外，大理石上鐫刻著這樣一行字，「賈桂琳・甘迺迪・歐納西斯曾在此地度過一些快樂的日子。」

令賈姬快樂的，除了落葉掩蓋的青石小道，除了小鎮的寧靜和安適，自然還有馬。養馬、賽馬、馬球、狩獵和精良馬匹的展示是中途堡生活中最重要的內容。

此地名人雲集，社交活動頻仍，小鎮每年重點活動有如下項目。一月：古董展示與拍賣。二月：飛魚展（一種釣魚活動）。三月：獵狐。四月：園藝展。五月：狩獵。六月：小雄馬和良駒大展及馬球。七月：國慶日馬球大賽及音樂節。八月：馬球。九月：賽馬及千里駒大展。十月：維州秋季賽馬及美國狩獵大賽。十一月：聖誕節商展。十二月：節慶活動，包括音樂、藝術、手工藝、園藝、裝飾藝術的展示及表演。一年活動看下來，和馬匹有關的項目就占了一半以上，均是重頭大戲。可見馬事於中途堡

是何等重要。可以想見，當年賈姬在如許豐富的活動中是多麼地心情舒暢。

鎮上藝品店、古董店、傢俱店、書店、飯店林立，多以駿馬、紅狐為市召，成為中途堡獨特景觀。

書店裡多是舊書，細細翻檢，名人手跡、名人家族印章、特製藏書票等等均非罕見之物。

一本精裝《福爾摩斯探案全集》的扉頁上一位聲名赫赫的參議員工筆大書：「此書乃在下案頭書，一日不可或缺。」名人離去了，他的案頭書進入市場，面對那一句「肺腑之言」，不禁莞爾。

走得乏了，遂去鎮中心一家飯館吃飯。一進門，赫然大堆當日（星期天）《紐約時報》在櫃臺前堆放，四美元一份，買報的客人自拿報紙，錢丟進櫃檯上大瓷盆之內即可。另一堆報紙則是賽馬消息，厚厚的四十多頁，圖文並茂，非常好看。

放眼望去，每張餐桌上都堆著翻開了的報紙。食客們一邊吃著，一邊讀著，時不時停下來和親友們討論著。走過美國無數大城小鎮，在一家坐了四、五十人的飯館裡，有這麼多攤開的週日《紐約時報》，確是初見。

吧臺上一樣，咖啡杯、啤酒杯之間全是報紙。

再細看，馬經的插頁夾在報紙的間隙。賽馬正在進行中，人人關心，也是自然。飯館老板笑著告訴我們，「在中途堡，《紐約時報》每天搭絕早班機飛抵。保證在您早餐尚未端上桌前，已在此恭候您大駕光臨了。」

富甲一方的中途堡正是《紐約時報》永遠的市場。賈姬在此地如此快樂，想必和這一事實休戚相關吧！

生命與愛情
——不沉的鐵達尼

美國驅逐艦拉邦號(USS Laboon DDG 58)訪問希臘，停泊在雅典對面法利爾灣(Faliero Bay)的海面上。但是，自一九九九年五月起，雅典就不是一個平靜的城市，恐怖組織不斷生事，炸彈事件頻仍，二〇〇〇年二月連麥當勞餐廳也被炸。週四，一個反坦克火箭彈深夜裡爆響在花旗銀行。雖然這一系列爆炸事件沒有帶來傷亡，但是週末在雅典舉行的歡迎拉邦號的盛大酒會卻不得不取消了。我們不能不顧及海軍健兒的生命安全，不能讓任何瘋狂的恐怖行為帶來無謂的犧牲。我們搭上小渡輪，到海上去看望遠道而來的海軍弟兄。

看到拉邦號矯健的身影，我忍不住想到盼著上岸的青年們失望的心情。這種失望

不止是對一個可望而不可即的城市的失望，而且是對思念已久的重逢的失望，是對可能飄然而至的機遇的失望。英俊的海軍健兒不能踏足的這塊土地上，可能有著被丘比特的箭射中的少女，她們無法在陸地上見到很可能一見鍾情的美少年。等待重逢的夏娃們卻只能搭船登上軍艦的甲板，和思念已久的人兒四目相望。森嚴的安全指令粉碎了種種可能，使愛情如同懸在空中的彩虹，只能看看，只能幻想而不能親嘗。

站在巍然的拉邦號艦橋上，我看著微波粼粼的愛琴海，腦子裡充滿了對鐵達尼號的聯想。

在沸騰的「鐵達尼熱」裡，許多人發言，不少論者提到導演卡麥隆，他的成功，以及他的敗筆。有人說，老蘿絲午夜夢迴，重回鐵達尼，在鐵達尼貴賓們的祝福和掌聲中與傑克結為連理，暴露了卡麥隆的侷限性，實在是畫蛇添足。我卻在想，那白日夢只不過是老蘿絲的幻想而已。只有在幻想中，那才是一個超越階級、教養和各種精神枷鎖的可能性。卡麥隆是對的。於老蘿絲而言，這樣的幻境才能同時保住兩人的生命和熾熱的愛情。

蘿絲活了近整個世紀，走過了婚姻，早已兒孫成群，她不可能看不透疾病、貧窮、社會習俗、階級與不同階級的文化、教養，無一不是愛情殺手。世上萬千男女排除萬

難走進婚姻之門，幸福者，愛情變成恩情、友情與生活習慣。不幸者，愛情變質，變成有毒的東西，足以用來殺人與自殺。臺灣社會不斷上演的三角、四角、多角習題，不間斷地為這個定理提供花樣繁多的例證。

生命幾乎無法與愛情共存，年輕的蘿絲和傑克、羅密歐和朱麗葉、賈寶玉和林黛玉，奧賽羅和狄斯苔夢娜，無一不是為了愛情將生命獻上。於是，為了使生命與愛情可以共存於天地之間，人類使用了他們唯一能與命運之神相抵抗的利器——幻想。飽經世故的老蘿絲，才華和魄力不相上下的卡麥隆，以及你和我、天地之間的芸芸眾生。

如果，鐵達尼首航成功，蘿絲和傑克到達紐約，「海洋之心」自然不在他們手上，天才畫家在未遇到伯樂之前只能在蘇荷區過著麵包加冷水的苦日子。蘿絲能否在長時間的清苦之中感覺甜蜜，而維持住她火熱的情感，我們根本不敢想像。蘿絲老了，自娛的法子是製陶，可見她長長一生早已遠離了她孩提時代的富足和另類優雅。經過了鐵達尼，她的生活徹底改變。那短暫而猛烈的愛情，確曾融化了世俗加之於身的重重鎖鏈，但隨著鐵達尼的沉沒，愛人撒手而去，愛情被鎖進心底，使愛情長存的，除了當年釋放出的激情之外，所能得到的雨露只剩幻想了。唯美的幻像自然是現實的美化和補充，甚至是現實中絕無可能的虛妄。但是，正因為它的不可能，也因為它的美麗，

才能長存於一位生活在世俗社會的老婦人心底，經由好萊塢的大製作掀起狂濤，席捲世界。

拉邦號端立風平浪靜的大海上，我思念心中不沉的鐵達尼：珍愛每一個愛與被愛的機緣，珍惜每一個生命與愛情並存的瞬間，那極少出現的真實。

屏障

在Frank Lloyd Wright設計的房子中間，有一座離我家比較近。那房子本來也在Vienna和華府市區的中途，因為要修高速公路。這幢房子被連根拔起，遷入另一片密林之中，位置在波多馬克河西岸的亞歷山大。自環城公路南下，距華盛頓總統故居三英哩，在通往Richmond的大路旁。連根拔起的，自然是木結構，所有的磚石無法保持完整，於是「新居」裡，木質的外牆、內壁、天花板、窗櫺都是原件，磚石部分則透出新鮮的顏色。

唯一不變的是外界的自然屏障，石子小徑曲曲彎彎，走進綠色之中，鬱鬱蒼蒼的林木將小屋圍在中心，幽靜之極。

六十多年前，年輕的新聞記者寫信給大名鼎鼎的大設計家，他希望得到物質和精神雙方面美好，那就是請F. L. Wright為自己設計一座房子。設計家回信，他已經準備

好為年輕的朋友蓋一座房子……。

那房子不是華廈、豪宅，那房子內部可以使用的面積只有一千二百平方英呎，原來的設計可達一千六百平方英呎，文字工作者財力有限，終於作罷。然而，那平頂木屋確是F. L. Wright的風格。木頭的原色是整個房子的主調。接近天花板，整幢房子有雕刻出動物和幾何圖形的鏤空窗櫺。房子角落，直上直下的，有同樣設計的窗櫺。白天，自然光線溫柔地灑進整棟房子。夜間，室內柔和的燈光又照亮了戶外，使整個房子如同出現在童話中。

除了自然光線造成的神奇之外，木質的牆壁，鑲入牆壁的木質書架、置物架，固定在地面之上的木質餐桌、椅子，都把大自然的美麗引進了居室之內。不需要壁紙，人們可以欣賞木頭本身的美麗。甚至不需要一張畫，因為木紋已經可以使人的想像力乘風飛揚。軒敞的落地長窗更將窗外林木「鑲嵌」入畫，按著F. L. Wright的想法，連窗簾都可以免去了，在大自然的懷抱中，年輕記者一家一定是可以安然入夢的了。

房子的中心是壁爐，那是整個房子的心臟，傳遞出強大的暖意。地板卻是水泥，水泥之下，如同古羅馬時代設計的火道。冬日，當大雪覆蓋了一切的時候，記者一家都輕輕巧巧走在溫暖的水泥地上，感覺不到一絲絲來自戶外的冰寒。

物質的、精神的，那麼豐美而融洽地結合在一起，還有什麼令人不滿意的嗎？我站在記者的主臥房裡，在占據了一面牆的長窗前，我抬頭看見了一串塑膠的東西，那串東西雖然很小，卻頑強而刺目地破壞了整個房間的自然氛圍，成了一個可怕的入侵者。

那串東西其實只是一串掛鉤，用來懸掛窗簾的。年輕的記者畢竟無法在天光和林木的擁抱中安然入睡。他和他年輕的妻子仍然需要人為的屏障。

傳說，大設計家曾經詰問記者，為什麼要如此粗暴地破壞自然美景。記者坦誠相告，他需要一點隱私權。大設計家完全不懂，那些美麗的樹木不是正在沉默地保衛這一家人的隱私嗎？為什麼需要那麼奇怪而不協調的一塊布呢？

精神和物質的豐美結合在這兩個人之間出現了歧見。F. L. Wright的失望，我可以想像。年輕記者的無辜我也完全可以理解。

走出戶外，精心設計的，成圓弧狀的植被真正是謹慎而優雅地守護著這個林中小屋。

如果，如果是我和我的家人住在這裡，我大概會選擇自然屏障，而不會掛上一張布單。

外子聽了我的議論，只是淺淺的一笑。他怕我不明白又追了一句：「這房子再好，對妳而言，也實在太小了。妳的書房占地五百平方英呎，如果我們住在這兒，我和兒子只能整天坐在壁爐邊。」

說的也是！

無所畏懼

星期四，打保齡球的日子。我的朋友茱蒂告訴大家，五月五日到七日，她將和另外兩千多名志願者徒步自馬里蘭州的佛瑞得瑞克走到華府市中心，行程六十英哩。五日和六日的夜晚，他們將在野外露營。

想想看吧，兩千多人吶！背著行囊，浩浩蕩蕩地前進，將吸引多少關注的目光，又將因為他們的壯舉募到多少捐款，用於抵抗乳癌。

是的，此番行動只是美國許許多多抗癌基金會裡面的一個發起的。此番行動將可募到三百至四百萬美金，是可以預期的；到了五月七日，捐款數字遠遠超過這個目標也是可以預期的。所有的捐款將一分不少地進入抗癌機構，用於抵抗乳癌的專門用途。

抗癌，和死神搏鬥不是某一位患者無望而痛苦的掙扎。抗癌是大家的事，無論我們是否是患者，無論我們是否是患者的親友。那兩千多位勇敢的步行者，他們付出體力、汗水和愛心，分文不取，只是為正和癌症搏鬥的姐妹們盡一分力。

大家馬上拿出現金、支票、信用卡，填妥表格。打球時間，茱蒂尚未邁開腳步，已經順利地募到一千美金，而她的同行者們此時此刻正在做著同一件事。美國成百上千的抗癌機構及其義工們正在做同樣的事。

大量的金錢湧進研究與教育場所，回應醫院、化驗所、X光和化學醫療的特別需求，癌症患者將有各種可能完全而徹底地戰勝病魔。

許多公司和行號出售產品時，特別指出，利潤所得的百分之多少將全數捐給抗癌機構。

商業中心的大門上，人們的衣飾上，常常可以發現粉紅色的符號，我們知道，這是抗癌組織和義工們。他們無時無刻不在無聲地宣示：「正在和癌症纏鬥的姐妹們，我們和妳在一起！」

美國郵政部門發行抗乳癌的郵票，每張郵票賣四十分，其中七分錢將進入抗癌機構。民眾買郵票，寄信、匯款的當兒，已經為癌症患者尋求醫藥作了貢獻。

無數的人們無聲地，面帶笑容地奔走著。無數政府的、私人的辦公室裡，給乳癌患者以實質幫助已經成為制度，有條不紊地進行著。

茱蒂是他們當中的一員。我們都是他們的支持者。美國社會堅韌地、強有力地攻克一個又一個頑固病症的堡壘。乳癌主要是身體上的惡疾，愛滋則更需要心理建設、健康的性教育，等等等等。更多的社會工作者加入抵抗愛滋的行列，投入更多的心力、時間和金錢……。

茱蒂已屆耳順之年，早已從開刀房護士長的位置上退休。她擔任教會義工、心理諮詢方面的建言者，青少年健康衛生教育的義務老師，她長途跋涉為乳癌患者募集經費，在社區和保齡球館義務擔當急救工作。當然，她還是母親和妻子。

幾天以前，我們打完了球，一起去吃一個非常健康、營養的午餐。球友們舉起水杯恭喜茱蒂戰勝乳癌十周年。

在她的思維裡，從來沒有「為什麼是我？」

她只有一個意念，「咱們來好好地打上一仗。」

她贏了那場發生在她自己身上的戰爭，跟著，她就全身心投入向癌症宣戰的全民運動，步履矯健，不知疲倦。

「那時候，十年前，戰勝乳癌需要兩萬美金，現在，大概需要四萬。」她心平氣和地告訴我。

社會的資源就這樣透過茱蒂，透過成千上萬普通美國人的努力用到了正途上，挽救了生命，使得整個社會堅強有力。

兩千多名志願者繫緊了鞋帶，無所畏懼地開始又一個征程。在這塊豐饒的大地上，城鎮、鄉村，此起彼伏地，健康的腳步不斷播響。

再見梵谷

從康州北部飛車北上，兩個小時之後可抵達美東名城波士頓。沒有半點猶疑，這一趟旅行的目的十分單純，只是要看梵谷。波士頓美術館在底特律藝術學院、費城美術館的協助之下，調集了美國各地諸如波士頓、芝加哥、紐約、華盛頓等地著名博物館藏品；更有些珍貴藏品來自阿姆斯特丹、巴黎、以及他辭世的歐維(Auvers)，來自博物館或私人收藏。展覽的主題是肖像畫，標題清晰"*Van Gogh Face to Face*"，展品則包括了梵谷短短十年創作期中相當重要的肖像作品、素描和油畫，包括他的自畫像。更重要的是，除了大家極為熟悉的梵谷於一八八八至一八八九年居住阿勒斯(Arles)期間的大量作品之外，展品中有梵谷為數不少的早期作品，那時候他還住在他的祖國荷蘭。廿八歲的青年畫家在海牙那個藝術思潮如狂飆般不斷起伏的地方，以他豐沛的創造力創作出一些用炭筆、墨水繪出的肖像，形似絕非目的，人物的內心世界才是他創

作的靈泉。早在一八六九至一八七三年，他就曾在海牙居住過，而且在家族的藝術品公司工作過，與海牙派畫家們過從甚密，那段時間應該是梵谷的好日子。第一次離開海牙，在倫敦經歷了一場悲劇性的戀情，他才陷入消沉和頹喪，終至被公司解雇。那時候，他才廿三歲，生命的低潮竟已開始淹沒他，他一次次憑藉宗教和他本身具有的人道精神以及對藝術的追求來拯救自己，在沉淪和甦醒之間，梵谷痛苦地掙扎著邁進了他唯一的十年創作期。

與此同時，印象派大師莫內(Claude Monet)、雷諾瓦(Auguste Renoir)卻正在離巴黎市中心僅十一公里的阿津堤奧(Argenteuil)心情愉快地在畫布上揮灑出永恆的美景。阿津堤奧不僅因為印象派的輝煌成就聞名於世，那地方和其他藝術形式也密切相關。左拉曾在那裡發表他重要的長篇小說，足證那小鎮的不同凡響。

梵谷熱愛荷蘭大畫家林布蘭特(Rembrandt)，他也深愛左拉和狄更斯的小說，他也喜歡莫內和雷諾瓦的畫。然而，其短短卅七年的一生，他未曾踏入阿津堤奧那個神聖的樂園一步，而是在絕望中，在偏僻的小村落歐維落腳，以驚人的速度完成一幅又一幅畫作，最後在一八九〇年七月用一把手槍轟碎了自己的腦袋。此話不確，他開槍之後仍苦苦地活了四十八個小時，才在他兄弟西奧的臂彎中告別了這個世界。

在展室裡，我們跟隨梵谷最後十年的腳步，由荷蘭的海牙、魯恩、比利時的安特衛普抵達巴黎，在那裡他用各種表現方法突現自然世界的真實性，和其他畫家產生嚴重衝突，甚至憤而割下自己的左耳。然而他竟在那時候發現了東方繪畫的美麗，起身前往法國南部阿爾斯。精神崩潰之後，不見容於阿爾斯居民而不得不入住聖雷米的精神病醫院。即使在精神病院裡，他的畫風仍然在成熟中綻放出耀眼的光芒。最終，他再次回到北方，在歐維痛苦而絕然地結束了一切。

他孤絕的生活源於他強烈的同情心，他同情且深愛受難的人，結果被教會和社會所摒棄。在他的畫面上幾乎都是一些和他一樣失落的人們，農人、礦工、郵差先生和他的妻子，這些在生活中幾乎沒有什麼「色彩」的小人物，梵谷都用黃色、藍色鮮明的色塊，點和線強烈傾訴他們內心的狂濤。

從早期的素描到後來的油畫，我們一再被畫中漸漸深沉的苦痛、掙扎、絕望擊倒。我們也眼睜睜地(Face to Face)看著天才一步步地走近死亡，或如同畫家在他那現在仍被保留著的六百多封信中所表露的，危險是怎樣一步步地逼近了他。一八九〇年五月至七月，他拚命創作，是不是因為死的陰影已經罩在了頭頂呢？然而，他離開人間之前，他在信中坦承，肖像畫，他用巨大的熱情調集起顏料展示人的心靈是他今生的最

愛。正如他早先說過的，藝術家不必是神職人員，但藝術家必須有一顆溫暖的心照亮人間。

我們踉蹌著腳步，沿著博物館的指引，一點點艱難地挪動著我們自己從畫面前經過，梵谷澎湃的激情仍然在畫布上燃燒著。

環視四周，來自世界各地的男女老少們都是一副神魂不定，臉色灰黯的模樣。

然而，大家都來了，從遠遠近近的地方，不管時間和金錢的「損失」，只想再見梵谷一面。

小說與電視連續劇

在金融界工作的斯噶特是我的學生中程度最高的一位。他常來我家走動，談談說說，中文就活活潑潑地留住了，學到了。他把此類活動叫作「深度中文之旅」。

那天，我桌上正攤放著一頁影劇版。斯噶特笑問：「你也看影劇版?」我針鋒相對：「看影劇版老得慢。」他笑笑，瞄了一眼竟聚精會神起來。我心中暗自得意，介紹他讀《橘子紅了》少說也有八、九年了。他還記得！如今根據小說改編的電視連續劇在蘇州開拍，圖文並茂的介紹文字正在這影劇版上。

「太誇張了。」斯噶特驚呼：「秀芬明明是穿了黑衫天黑以後從豬欄邊進的大媽家的門，只不過隔日拜了祖先而已，何時有過婚禮，代新郎還是六叔！六叔還有什麼未婚妻?那交際花二太太不是沒有身孕嗎?怎會又懷孕了，還包藏著絕大的祕密?!秀芬流產、抑鬱而死，怎麼是大媽『痛下決心』幫助她去『追求幸福，不再為傳統禮教

做殉道者』?!」斯噶特從報紙上抬起頭來，滿臉迷茫地瞧著我，連珠炮般發了一大通議論。

我更加高興，這個斯噶特，我真是沒有白費心血。《橘子紅了》的細節他都記得一清二楚！

「瞧瞧這些照片！」他繼續指點著：「大媽家並非豪富，小康而已，而且一向儉省，何以穿戴得如此華麗?還好沒有戴耳環，還符合小說細節，可她頭上插的都是什麼東西?不像小說裡那個每天忙不停的女人嘛！那大伯更不對了，他是個『目不斜視』的偽君子，哪裡會如此輕佻?!」

真不錯，連「輕佻」這種字眼都用得恰到好處！我不禁喜上眉梢。

受到鼓勵的斯噶特益發有見地：「只說《橘子紅了》開拍，竟隻字未提原著和作者，這也不合規矩。沒有琦君女士的小說，哪來那淒美的故事供他們添枝加葉呢?」

「添枝加葉恐怕也是不得已。廿小時的連續劇，沒有太多的衝突和高潮大概難得吸引觀眾哩！要知道，小說讀者和電視連續劇的觀眾們，其品味和興趣皆有不同。」我替那票在蘇州辛辛苦苦將七噸橘子掛上枝頭的電視劇拍攝人員緩頰。

斯噶特毫不領情：「『橘子紅了』是個隱語，告知大伯，那個生子工具已經進門了。

大媽家的橘園似乎在小說中從來沒有紅火過，阿娟正在摘那些長不大的青綠橘子，就寫信給大伯，說是『橘子紅了』。可是，真等到大伯回家，琦君女士似乎只寫了一句。好像是『大伯終於回來了，真正是在橘子成熟、紅透的時候。』」他又說：「找書來看。」翻到那一頁：「啊，不是終於，是總算回來了。『總算』比『終於』有味道！」看他一副自得其樂的樣子，我也頗受感染。他話鋒一轉：「其實，整本書讀下來，那橘園是荒涼而苦澀的。」他瞧瞧我，看我沒有表示異議，繼續說下去。「小說的魅力，語言的魅力正在於此啊！」

斯噶特一向聯想豐富，這次亦然，「我不知《大紅燈籠》和《搖到外婆橋》的原著如何？看電影卻是明顯的太誇張、太過份，少了文學的韻味。」

「但願《橘子紅了》不會走得太遠。」我正色道。

「我更期待電視觀眾回頭找小說原著，他們如果能從文字中領悟文學之美，豈不是好？」斯噶特撫著書，一往情深地道出他的企盼。

書展

我站在一位黑人作家的攤位前。攤位上只擺放了一種書。封面上有作者的大照片。照片和本人在一起，照片上的他自信而快樂。他站著，臉上滿是疲倦，眼光閃爍，露出心中的疑惑和不定。

書脊上沒有出版社的字號，一望而知是自費出版的。硬面精裝，厚厚的一冊書。印起來很不便宜呢！

我們的攤位在他對面，他整整一天看著我們攤位前人流不斷，笑語喧嘩，心裡大概不是很舒服。我有點不忍，決定離去前在他那裡停一下，那怕交談幾句，也是一種關切吧。

「沒想到，此地華語讀者這麼多。」倒是他先開口。

我笑笑，捧起他的書。扉頁上，「獻給我的雙親——他們沒有得到任何的眷顧。」

觸目驚心，可以想見內容的慘烈。作者的意思是，神沒有眷顧他的親人嗎？

大概我的神色不定，那位作者坦言相告：「我相信，一位白色的神是不會愛護有色的兄弟們的。」他語含悲傷。

「我們得找到自己的神。」他語氣堅定，「這本書是一個尋覓的過程。」

我知道自己處境危險，首先是對神學素無深入研究，第二是對這位作者的心念沒有瞭解，不談宗教與政治是明智之舉。

但是，我不能就這樣一言不發地轉身離去，我不能面對一個愁苦的人不給他半分安慰就離開。

「在奧林帕斯山上，有許多可愛的神，祂們的膚色都很淺，但祂們對膚色深的朋友也充滿愛心。」我說。

他笑了：「你說得對。尤其是阿波羅，祂愛護詩人和歌者，所以我們不乏叫好又叫座的詩人、歌唱家，甚至小說家。」他點著頭，表情柔和起來。

我心上一鬆，趁勢談了談我對奧林帕斯山的觀感，那樣一座莊嚴而秀麗的山，終年濃霧繚繞，訪客多喜歡在山中小坐、遐想，是個好去處呢。

作家也露出無限神往的表情，笑答：「看樣子，我真該走上一趟。」

我也高興起來：「也許，您會再寫一本書！」

看他心情大好，我想，這時候，真應該告別了。

忽然，拐角處，人聲鼎沸，我們同時吃驚地轉過頭去。

一位攝影工作者正高舉著手中的攝影畫冊，憤怒指控古巴卡斯特羅政權不堪入目的人權紀錄，圍在他身邊的讀者一同吶喊，聲勢驚人，吸引了不少人注目。

人間苦難重重！

我沉默不語。那位黑人作家也黯然不語。

我們互相對望一眼，都感覺此情此景已沒有言語能表達我們的心境。

倒是他先打起精神：「謝謝妳，我想今年一定可以開始我下一本書的工程。」

「期待你的成功！」我回答。

穿過激憤的人群，我默默走出這個小小的為期不過一天的書展，懷著悵悵的心境，重回書案。一張任何紛亂都撼不動的書案。

東方浪漫主義與西方新保守主義的契合

邱立丰的油畫作品帶著東方的夢向西方世界撲面而來，被欣賞、被收藏、廣獲佳評，成為一種現象。

西方人熟悉油畫的美術傳統，視為「自己」的藝術形式。來自東方的邱立丰熟練運用古典主義油畫大師們的傳統技法，纖毫畢現地表現出畫中人物的手、臉細部、衣裝的材質、繡飾、甚至折痕。邱立丰的寫實是表面的，其神髓卻是浪漫的，他不是弗美爾式地將背景一一細加描繪，在嚴格的光線和角度上下功夫。邱立丰畫中人物高高突現在他以印象派手法處理的背景上。那背景可以是春、夏、秋、冬十二分的自然風，可以是宮庭內部十二分的雕琢，可以是河畔、荷塘、一種半人為的美景，也可以曚朧如夢或漆黑如暗夜。突現的多是面部表情端凝、內心世界卻紛繁多變化。

邱立丰所描繪的女性世界以端凝二字來形容恐怕是最為貼切的。清代貴族命婦、

清代仕女，以至於民國時代的漢裝女子，甚或西方世界的仕女。其中，數量最大，在今天西方社會引起最大反響的，無疑是旗裝女子，一種現代西方人不很熟悉，不太瞭解，容易生出好感的文化氛圍。

九〇年代，來自東方的電影，繪畫甚至部分文學作品裡面，以大紅燈籠、小腳、辮子為主旋律刮起一股令人心悸的風。那些從表到裡都以某一段或某一長段歷史為背景形成的各種悲劇、喜劇或鬧劇很少能在西方人心中產生共鳴，而被絕對地推拒在「古老的」、「東方的」、或「中國的」範圍之內，絕對不肯納入自己的生活。

旗裝女子來自一種貴氣的文化，她們的天足使她們減少受虐的形象，她們的臉部表情平靜，無論內心波瀾起伏，她們是一種穩定的存在。無論在怎樣的背景中，無論在怎樣繁複的衣飾的籠罩下。她們五官端正的臉和細膩的雙手都毫不動搖地堅持著優雅，不肯更動分毫。

西方人收藏畫作少有鎖入保險箱的。他們張掛於家中，昭示的不僅是品味與學養，也包括他們的人生態度。一句話，從一位西方人的美術收藏中不難看出他的精神世界。

世紀交替，在美國又一波大選年中，新的保守主義在瀕臨崩潰的家庭倫理、社會責任的頹勢中昂然崛起。頹廢的、沒有責任心的、為所欲為的人生態度終究遭到理性

的譴責。忠於家庭、勤奮、樂善好施、助人為樂之類的美德再次艱難地成為社會倡導的風氣。

無巧不巧地，邸立丰的作品適時出現。優雅、從容、端凝、高貴的氣質和今天美國中產階級嚮往的精神境界不謀而合。

邸立丰作品有歷史的厚度，不致因為時光流逝而褪色。邸立丰作品技巧精湛，在層次上具有相應的地位，具備永久收藏的價值。邸立丰作品超凡脫俗，具新鮮感，令人印象深刻。

這就是為什麼，邸立丰作品被大量收藏，並在一個個社交活動中一再地廣泛流傳著對他作品的欣賞。

邸立丰作品正以其獨特性走進西方。

尋寶

朋友自雅典來，我忙著問她，赫朗雖三角地北邊那家綠色門面的尋寶屋是不是還在老地方？朋友大張著兩眼問我：哪一家尋寶屋，是不是妮娜開的那一家Treasure？

當然，除了那一家之外，雅典還有哪一家店能說自己是藏寶之地呢？

清楚記得，不知多少次，經過那家店的門口，咖啡色窗簾深垂，不知裡面有些什麼好東西？雅典的車陣永遠是擠擠挨挨，有時候，我甚至在那店門口一停數分鐘，動彈不得。偶見衣著整齊的希臘婦人開門進去，店堂也相當昏暗，完全看不出究竟。

終於有一天，我下決心放棄開車，踏上搖搖晃晃的四一七號公車，直駛赫朗雖。

"Kalimelasis!"一聲甜甜的問候，從幽黯中什麼地方傳來。"Kalimelasis."我小心地用腳探著地面，一邊隨口應答著。

"Good Morning!"那甜甜的聲音歡愉起來，一下子頭頂吊燈大放光明，我發現自己

周圍全是歐洲的古典傢俱，一件件放射著歲月的光彩。

巨大的長餐桌圍著十二把皮面椅子靠牆放著，餐桌上各種銀質餐具、燭臺、糖罐、鹽瓶、餐巾箍等等小零件占滿了整個桌面，在燈光下熠熠閃爍。

我站在原地不動，東張西望。店主也站著不動，端詳著我，然後用一口帶著澳洲口音的英文親切地招呼我：「叫我妮娜，我的店裡大大小小的東西應有盡有，隨便看。我收旅行支票、信用卡、各種貨幣。心愛的東西，分期付款也成。一時搬不動的東西，我派車送至府上。世界任何角落，我都負責送到。」

妮娜一頭淺色頭髮夾著大量銀白高高髻在頭頂上。一身亞麻色寬鬆裙裝看上去舒服得很。一張臉完全看不出年齡，似有若無的淡妝是仔細地勻在臉上的。那隻典型的希臘鼻子和深不見底的大眼睛告訴我她的確是希臘人。

「您的英文真不錯！」我笑著搭訕，妮娜告訴我她是在澳大利亞長大的。

一組餐巾箍以茶壺作裝飾，很特別，非常適合下午茶用。我把它們交給妮娜。

「樓上有些美麗的茶巾，也許妳有興趣。」妮娜順口介紹。她已經站在一張方桌前，極其熟練地擦拭著那組銀質餐巾箍，任我在她店堂裡逛來逛去。

我上了樓，樓梯轉角處，妮娜放了許多有特色的花器，它們都來自義大利的佛羅倫斯，我選了一隻鑲了五彩玻璃的深藍色陶器，拿在手裡，拾級而上。

數張大桌上，架子上擺滿了挑繡、蕾絲、補花的桌布、餐巾、茶巾之類。材質都是棉和麻，手感甚好。

妮娜從樓梯上冒出頭來，我指著一大堆紙盒問她：「那是什麼？」

「那是世界上最棒的桌布。」她得意地笑著，隨手打開一個盒子。

厚重的棉質桌布，象牙色背景上，白色的花紋極其複雜，雍容得很，絕不是一般市場上的貨色。

「這個家族經營餐桌織品已有幾百年歷史。拿破崙使用他們的產品，他們在那個時代成為這一行的翹楚，無人能敵。今天，在希臘，只有我妮娜代理他們的產品。」

今天，他們還有那個時代的設計嗎？我發出疑問，妮娜回答我，他們只用那個時代的設計。唯一的改變是，他們現在的貨品多數可以用洗衣機洗滌。

一隻隻盒子被打開了，妮娜順手一揚，把一張張桌布抖開，隨便搭在任何地方。

我腳步踉蹌地在這許許多多的雲朵裡晃著，妮娜的聲音從遙遠的地方飄來，「如果Size不合適，可以訂做，他們可以在三個月內交貨……」

我伸手捧住一朵奶黃色的雲，上面的花朵是無數的白色勿忘我。配套的餐巾有同

樣的質地和花紋設計，邊緣部分是手工繡製的勿忘我花邊。二百年前，藝術受到尊敬，古典主義和浪漫主義都得到發展，在宮廷裡，連桌上檯布和餐巾也華麗、秀美無比。

我終於從妮娜的店裡捧回了那華麗和秀美。

現在，我已遠離雅典。在懷念希臘的一切的時候，我會想念那Treasure，並清楚記得尋寶時的迷醉和驚喜。

「聞」風不動

史蒂文・金將他的新作完全不作平面處理，直接變成電子書，大賣特賣，引起許多電子媒體轟轟然或悄悄地跟進，論者也紛紛表示，很可能將引發出版界的「革命」。

這股旋風不能說不夠強勁。

卓然立於美國東北部康涅迪克州的伊斯頓出版公司(The Easton Press)則不為所動，依然拒絕上網，循規蹈矩，將精印的圖錄郵寄到愛書人的家中。開宗明義，出版人普菲爾(Roy Pfeil)表示，伊斯頓將助愛書人將老傳統帶進新紀元。伊斯頓精選名作，製成皮面、精裝，22Kt鍍金封面、金邊書頁的版本，以利收藏。伊斯頓的書完全不進入書店，只採郵購方式，以最妥貼的包裝送到愛書人府上。

伊斯頓公司提醒世人的只有一句西賽羅的名言：「一間沒有書的屋子如同一個沒有靈魂的身體」，直接挑戰電子當道的現代社會。

作家簽名書放在首頁，如果想收藏約翰・格林、喬治・布希、名主播Tom Prokaw、馬倪等人的簽名書，伊斯頓絕對是最佳選擇。作家簽名書的最後一類是家喻戶曉的科幻小說。伊斯頓堂而皇之地細細包裝，使其充滿了貴族氣質，十分有趣。

接下來是自然、歷史、宗教。其中，「哈佛經典」是重頭戲。這套書共五十巨冊，收藏者每月付五十四元美金可收到一冊書，四年零兩個月，這個收藏的過程才完成。這套書在書架上起碼占地五英呎，其內容則囊括了二千年來人類在人文方面的全部建樹。伊斯頓斷言，讀者將興致勃勃地「從頭讀到尾」。

另一套書深藍色鑲金封面，十二冊，每冊六十三點七五美元，一年可以收全。題目是「希臘經典」：詩歌、悲劇、喜劇、歷史、寓言和哲學，古希臘——西方文明的基石就在這裡了！

之後，自然是一百本文學類。人們耳熟能詳的莎士比亞、荷馬、但丁、托爾斯泰、狄更斯、馬克・吐溫自然都在座。但愛書人收到的第一本書卻將是《白鯨》！每本書四十元以下，五年之內，一百本書可以全部送達。

接下來，一套「改變世界最巨」的書。伊斯頓告訴大家，這套書仍在顛覆世界，引爆革命！亞當・史密斯、愛因斯坦、達爾文，啊，當然還有老莊都名列榜首。這套書每月一冊，將近五十美元，且源源無絕期！

當然，還有藝術書籍。伊斯頓以精美見長，一本《羅孚宮藏畫》，連羅孚宮出版部門都自嘆弗如！

愛書人也能找到其他方面的典藏書、戰爭史、古錢幣收藏、美國史、人類進入太空歷史及現狀。啊，當然還有以柯南・道爾為首的推理、偵探小說。

小讀者更是伊斯頓的重要客戶，其套書除了十二巨冊經典童話之外，也可以收藏包括《小熊維尼》在內的美麗圖書，插圖部分是真正的藝術品，成年人見了恐怕也不忍釋手。

伊斯頓圖錄的結尾部分仍以文學擔綱。十二巨冊「世界最偉大短篇小說」，包括了喬埃斯、梅里美、歐・亨利、莫泊桑、契柯夫、卡夫卡、杰克・倫敦、屠格涅夫等等。五十巨冊廿世紀最偉大文學作品則把《尤利西斯》、《齊瓦格醫生》等等一網打盡。

那怕是封底，伊斯頓仍是精心安排。「偉大的詩歌」以「如果你口袋裡有一本詩，你將永不寂寞」的名句點題，跟著人們讀到那些永遠和大家一起散步、一起漂洋過海、一起飛行的名字，拜倫、艾略特、普希金、朗費羅、雪萊、王爾德……伊斯頓為每位詩人選編一本詩集。每月一本，兩年零一個月可以收齊。

愛書人絕少能拒絕如此豐美的靈泉，發出了訂單。很快，伊斯頓以象牙色信紙報告：閣下的書正在能工巧匠手上裝訂成冊，在通過最後的檢驗之後，將隆而重之地抵達府上，帶給閣下長長久久的悅讀時光。

伊斯頓的書被運往世界一百卅個國家，引領愛書人追尋永遠的美麗。

輯三　生命波光

風從海上來
——重回西子灣

從雅典飛臺北的途中，在香港停了兩個晚上。曾經那樣令人心情舒暢的國際都會卻像鐵達尼號一般直直地沉落下去。一向遊客摩肩擦踵的尖沙咀過了晚上九點鐘竟清冷的很。有人走動也是行色匆匆，完全失去了昔日的優雅與從容。只不過八個月吧，市景蕭索至此，怎不讓人氣結。

二月十六日上午，霧鎖香江。啟德機場幾乎關閉，許多航班已延誤數小時仍不能動身。我搭乘的泰國航班是一架波音七七七，不受惡劣天候影響，準時一飛衝天，且提前十分鐘降落在桃園中正國際機場。何以可能提前降落?原來中午時分中正機場霧更濃，能見度更低，除了這架巨無霸之外，跑道上未見其他飛機。交通車也都打開了車燈，霧真是濃得似乎要滴下水來。

從二月十六日起，臺北就一直在哭，陰雨連綿，使得十六日晚間發生的悲劇一直

沉沉地壓在大家心上，得不到舒緩。花了多少錢張掛的燈飾也沒人欣賞，濕冷之中，人們的步履更加匆忙。

但是，臺灣就是這樣一個會給人帶來歡喜的地方。自十九日登場的第六屆臺北國際書展吸引了無數的愛書人，人們在陰雨和泥濘中奔向世貿中心，在一千多個攤位的圖書之中流連忘返，在一扇扇通往世界的窗口裡看到各種不同的風景，連日來重壓在心頭的傷痛、怨懟、不平漸漸消散。臺北人在陰霾中重拾歡笑。

緊鑼密鼓的行程在廿四日子夜終於劃上了休止符。華航班機在廿五日清晨帶我飛回闊別十三個月的高雄。

飛機一衝出臺北的雨雲，久違的陽光就灑進了舷窗。當飛機的輪子輕輕觸及跑道的時候，我差一點大笑出聲，就在這裡，在小港機場，我不知降落過多少次，每次都快樂地想：到家了，到家了。然後就是直奔出去，奔馳在寬寬闊闊的大馬路上，看到高雄人的笑臉，聽到熱情的臺灣國語，享受到這個陽光城市的種種美好。

這一回，我欣喜地發現，高雄真的是更高、更雄偉了。去年年初尚在施工中的許多高樓大廈已經竣工啟用。站在高雄長谷大廈高層或是中正三路「山藝術」的頂樓，高雄之美盡收眼底，不由得為高雄人自豪起來。

一九九五年夏，離開了居住三年的高雄。三年來，高雄的點點滴滴時時掛在心頭。高雄市立美術館落成前後我是那裡的常客。九五年春，離別在即，我卻少去了。不去，不是不想去，而是不忍去。那時節的高美館，從館長到義工人人疲於奔命，偌大的館內外沒有足夠的人力物力。每次去，都因心痛而大大掃興。

二月廿六日清早，高美館尚未開門，我就到了，凹仔底靜悄悄的，高美館外的綠地一片生機盎然。警衛先生和工作人員準時打開大門，含笑歡迎我這早到的客人。一切都井井有條，義工們悠然守候在每個展室，她們的表現非常之得體而專業。

我見到了黃才郎館長，他快樂地告訴我：「今天不開會。」認識黃館長好多年了，他永遠像一位救火隊員，他永遠處在臨戰狀態，永遠連跑帶跳。他永遠在行政會議和館務之間搶奪每一分、每一秒。其實，黃先生是優秀的藝術家，在他內心深處，不知多麼盼望他自己也有靜靜的一時半刻，可以和展品廝守，可以和藝術品有一點交集。直到一九九五年夏，我從來沒有見到黃館長有過任何一次的步態從容。

這一回，黃館長充分展現了一位藝術家、一位現代藝術博物館館長的風采，沒有會議在等他，沒有緊急公務在催命。他和我一起徜徉在哈勒曼特的靜物世界裡，看淳樸、閒適、寧靜與自然之美。黃館長不再風塵僕僕，他不再奔來跑去，看他那樣優雅

地和藝術品對話，我就覺得黃館長此時此刻正和大英博物館、羅浮宮、大都會或希臘考古博物館的大家長一樣，他有了些許空暇對自己工作的範圍做更加深入的思考，對美術館的前景產生更為睿智的考量。這個美好的片刻實在是太短。每天，沒有五十位工作人員，他開不了館，但他的全體工作人員並沒有五十位。大量的工作由義工擔起。近年來，義工的素質在一絲不苟的培訓中大幅提昇，同時社會上的文化工作者，資深的大學教授紛紛投入義工隊伍，使得高美館的成長更為穩健。但是高美館在建制上的侷限使得黃館長不得不收起他的從容，再度步履匆匆起來。

其實，高雄的文化資源相當豐沛。高雄收藏家的典藏從巨大的古代石刻佛像、歷代紫檀、玉器到世界上最完整的俄羅斯繪畫精品以及現代的繪畫、雕塑。隔週週休二日實施以來，如果高雄民眾願意挪動腳步，除了高美館之外，積禪、山藝術、王家、茉莉、宅九、龍門畫廊、新濱碼頭等等好去處都在等待大家激賞的目光。

二月下旬，我在高雄留連七十二小時，再一次沉醉在高雄豐沛的文化資源裡，走的時候，行李箱內裝進了庫因之的油畫小品，手上提著林茂雄的水彩。烏克蘭鄉野之夏和紐約上東城的雪景伴我返回雅典。歐洲人睜大眼睛，難以置信這般美妙畫作來自遙遠東方的工業城市高雄。

抵達雅典的同時收到了海運的《山藝術》雜誌一九九七年十二月號，赫然附有〈與讀者話別〉的公開信。《山藝術》的朋友們早已告訴我這個令人傷痛的消息。這個時候，我卻很感謝飄洋過海三、四個月的時間沖淡了傷痛而使我心中湧動著對耕耘者的由衷欽佩。

自《炎黃藝術》而《山藝術》，在九年的辛苦與歡笑中，林明哲先生和他的夥伴們為南臺灣文化美術史留下了一座豐碑。話別信中談及現實，用了很中肯的說法：「無法大量成長的閱讀人口及大環境的景氣影響。」但是，在狂烈的亞洲金融風暴中，屹立不搖的，不是臺灣嗎？閱讀人口無法大量成長的同時，魚翅和紅酒、名貴的北歐魚子銷量不是引起全球矚目嗎？

我捧著一杯熱氣騰騰的高山茶，在自家客廳、書房和走廊裡徘徊不止。目光所及，中外畫作紛陳眼底，將我的思緒一再拉回西子灣，拉回那個英雄輩出的陽光之城。

今天，人類享受著雅典、斯巴達、奧林匹亞、羅馬留下來的民主傳統，英雄業績和文學藝術。未來的人類將享受紐約、巴黎、倫敦、波士頓等等城市留下來的文明遺產。在那長長的名單裡，一定有高雄。在懷念勤於耕耘的有名與無名英雄的同時，我熱切地企盼著。

激賞之餘

十一月號的《文訊》雜誌（二五七期）刊載了深層探索高雄文化現象的系列文章。雜誌飛到了我的書桌上，剎那間，高雄和雅典站在了一起，兩個燦爛的陽光城市。

細讀這一組文章，老友傅孟麗的感性文字尤催人淚下，明知不可為而奮力為之的高雄文化人前仆後繼，仍然擁抱理想，掙扎前行。黃俊傑教授在訪談中不但細述了對高雄文化發展史研討活動的觀感，他提出的高雄性格中的動態精神更是有意義的課題。

前高雄市長吳敦義先生則一向認為：文化便是生活。

一點都不錯，文化便是生活。我現在的居住地是雅典，是整個西方文明的基石，一個古蹟遍地的所在，一個上了年紀的城市。住在這裡廿多個月自然看得出，在市政方面，這個城市問題不少；但在文化方面，對於年輕而充滿動態精神，活力十足的高雄而言在不少層面有參考價值。

雅典沒有速食文化，沒有一擁而上的萬頭鑽動，當然也不會在五分鐘之後就煙消雲散。橫掃千軍如捲席的美國好萊塢電影在五百萬人口的雅典只有一個大型電影中心在放映，遍佈街頭巷尾那些閒適而優雅只有一兩百個座位的電影院卻分成兩種，露天的讓人們在觀賞電影的同時可享受夏夜的清涼和浪漫。室內的則在氣溫較低的日子裡給觀眾溫馨與舒適。上映的片子更都是歐洲和希臘自己的產品。

書店永遠四平八穩，每年一度的諾貝爾文學獎完全不可能在希臘掀起翻譯和搶購的熱潮。愛書人逛書店如同吃麵包喝咖啡一樣是生活的一部分。書店主人和工作人員自己絕對是書蟲，對書的瞭解有其專業水準。書店永遠不設任何「排行榜」，不懂什麼叫作「暢銷書」，更不明白世上還有「重要作家」、「重要詩人」，聽說「某作家是有定論的」，此類議論直覺那似乎不該是人類的語彙。

藝術家們崇尚的真理和高雄藝術家洪根深的理念完全一致。他們尊重和熱愛創作本身帶來的熱情、苦悶、掙扎、磨難和奮進。他們為創作而生活，「市場」則由畫廊主人去操心，而且，「市場」不是一直都在嗎？希臘藝術家會從他們的工作中十分勉強地抬起頭來，滿臉困惑地反問提出問題的人，然後，然後就又沉浸在他（她）們的創作中，把來人完完全全地忘記了。

千萬不要以為雅典人的性格是如此溫柔敦厚。他們絕對是戰神和勝利女神雅典娜的後代。被土耳其占領四百年的血海深仇絕不輕言寬宥。稍有火星飛濺，他們血管裡斯巴達勇士、雅典勇士、科林斯勇士的熱血即刻沸騰起來，滋滋作響，整個國家的人，不分男女老幼，個個將身家性命拋在腦後，劍出鞘，槍上膛，寧可粉身碎骨不作亡國奴。在這個方面，他們和古希臘人毫無差別。由於土耳其從來沒有誠心誠意倡導和平，希臘就永遠處在備戰中。整個歐洲，希臘軍費開支奪冠。在全世界，和全民所得比較，希臘軍費比率高過美國，居第一、第二位。由此可見其民族性於一斑。

然而，古希臘的人文精神也同樣強悍有力。今日雅典人在觸摸文學與藝術的時候，他們小心翼翼，尊敬而虔誠，溫柔而敦厚，充滿了浪漫氣息。

希臘人的生活就是這樣充滿了動也充滿了靜，形成現代希臘，現代雅典的文化氛圍。

雅典沒有很多專業文化工作者，但幾乎人人對文化都有深刻體認，且雄辯滔滔，將自己的愛憎充分而具體地表現出來。文學與藝術評論不但長篇大論地出現在報章雜誌而且迴蕩在咖啡館、酒吧和飯館、家居的客廳與露臺。汽車緩緩開過街頭，常見兩位駕駛各自扶著車門正在大聲交換對某一畫展的心得，排在後面的車子主人除了不時

按一下喇叭提醒街頭藝評家之外，多半耐心地等，因為那談話是重要的。

每見此情此景，作為一名海外華文寫作人就不由得生出羨慕之情。

華文出版的重鎮在臺北，海外是荒僻的天涯地角，孤獨的寫作人在其他語種的大環境裡堅持華文寫作，其艱辛已然到了說不得的地步了。

現如今，拜速食文化之賜，書評之類的文字是少而又少了，排行榜上非文學類是主流，而舶來品更是大宗。嚴肅文學的寫作人既不能教讀者一夜致富，又不能指導讀者如何在海外Shopping，對葡式蛋撻、紅酒、雪茄帶來的狂熱不明所以，文章中又不見暴力與血腥、性變態與各種感官刺激。他們只好自言自語也幾乎是必然的。

然而，大多數的海外華文寫作人並不以此為苦，反而一步一個腳印，穩穩走在一條沒有制度保障、沒有「利」甚至也少有「名」的荊棘路上，並不回頭。

我們也有快樂，除了自身創作的快樂以外，也有相濡以沫的快樂。

一九九八年夏天，我回華盛頓度假的時候，去拜望了林太乙女士。林女士很鄭重地送了我一本她在九歌出版的新版書《金盤街》，又很鄭重地告訴我：「最要緊的，是書後面收了琦君的書評。」

當人際關係變得粗糙不堪的時候，那溫柔婉約、情感充沛、思慮縝密的書評是多

麼地珍貴啊！

數天之後，我北上紐約，在新澤西拜望了琦君姐，和她談及《金盤街》。她的笑容真是美麗！一提這本書，她又情感充沛地談起書中人物的命運以及林太乙成功的書寫。

要知道，那篇書評是她十八年前寫的啊！

那就是我們創作之餘的快樂之泉。激賞之餘的那一聲讚嘆，那一聲回應，那一點漣漪。

相較於海外的遙遠與「荒涼」，高雄是近得多而且熱鬧得多的。對於書本沒有太多認識的朋友可以聽廣播，王介言會在漢聲高雄臺帶著「讀書會開步走」，走進各位的家。警廣高雄臺的岳羚甚至「讀冊給你聽」，把各位塞車的時段都充實了起來。（以上資訊來自陳麗卿的匯集）但是，正如洪根深所說，「硬體建設的多元是文化建設的外在形勢，而活動其間的人的心理建設更為首要。」在心理建設方面最常被忽略不計的是激賞之餘的那一點回應，那一兩下掌聲或一兩聲批評。

文化人自然可以訴諸文字，沒有時間寫字的可以Call in，連打電話的時間都沒有的朋友可以很「阿莎力」的大叫出聲：「哇！好書！」或是在桌上擊一猛掌：「這是什麼東西！」

最最要緊的，是要把觀感放送出去，最少要有一個人聽到。

久而久之，洪萬隆先生企盼的文化綠洲自然會在各位身邊出現，正如高雄市區周邊那綠油油的秧田。

寫信

大家都說，寫作是孤獨之旅，其實也不盡然。寫信就是例外。一定有人問，寫信難道可以算作寫作嗎？我的回答是，當然。書信不但是寫作，而且是非常重要的創作活動。

你有沒有看過臺北三民書局一九七二年出版的劉紹銘先生的《靈臺書簡》？海藍色布面，書脊則以燙金書寫，秀氣得很。「前記」中，劉先生說，集子中收的「既不是詩歌、也不是小說，更無意給『後人』研究之用。而是個人近年來心靈活動的一種紀錄」。你想想看，集內文章可能是多麼有趣而引人入勝！

一九九七年，《聯合文學》雜誌連載了張愛玲和夏志清教授的通信。大家都說張愛玲小說妙不可言，我也和大家一樣，捧著她的書，不忍釋卷。然而，坦白講，她的小說雖精緻、雋永如斯，卻賺不到我一滴眼淚。看這些通信，看張愛玲在三言兩語中透

出的惶急、追悔、無助甚至手足無措，我忍不住放聲大哭。一個活生生的靈魂在四壁之間撲過來、撞過去。那種椎心之痛發生在天才的張愛玲身上就更加讓人受不了。我把讀這些信的心情寫信告訴夏教授。病中，他急急把藥片、藥粉吞進口，鋪開信紙，又寫長信給我，把「愛玲來美之前毫無準備、吃了大虧」的情形細加分析。字裡行間，溢滿了疼惜。這麼一來，信，不但是張愛玲創作的延伸，也是文學評論家夏志清教授有關張愛玲論述的延伸，其重要性自然不能低估。

信是一種奇妙的東西，劉紹銘先生遊戲人間，苦中作樂，文章詼諧有趣。其書信更在幽默中見真誠。真誠是寫作的出發點，更是書信的基本條件。

因此，我習慣寫信。坦白說，中文寫作二十年來，小說散文百萬言在數量上遠遠抵不過我寄往世界各地的信件。試想，每信平均五百字好了，一天五、六封，近三千言，誰又能保證每天寫稿三千字，風雨無阻、雷打不動呢？

習慣寫信是熱情使然。我家客廳几案上永遠有一個瓷質大信封，裡面塞滿了待寄的信。每天清早先生出門，順手抽出，放進公事包帶出去寄，多年來，也很習慣了。我有時也會在說了「謝謝」之後又加一句：「每天要你寄這麼多信，不好意思。」他還會笑答：「謝天謝地，妳有這麼多地方可以寄送妳的熱情，如果妳必得傾倒在我頭

上，早就沒頂了！」

習慣寫信也是閱讀使然。讀書看報之間猛然見到某位友人的文章、議論，其觀點引人，於是或同意、讚賞、追加補充意見；或不十分贊成甚或有完全不同意見，馬上攤開紙筆，洋洋灑灑，不把意見寫清楚是不會打住的了。更經常的是閱讀中發現了朋友們需要的書、文章、意見或是一個註解、一段譯文，於是不僅攤開紙筆寫將起來，有時還要寫信給出版社、書店，購書、寄書，一連串後續作業，忙得不亦樂乎。

習慣寫信更是喜愛書寫使然。寫信必有一個怦然心動的緣由，為了這個緣由有話要說。電話打過就沒有了。一封信，寫在賞心悅目的信紙或美麗的Note Card上，書寫本身成為一件快樂的事情。這種書寫絕對有一位讀者，這位讀者多半相當知心，寫給一位知心讀者的文字，沒有「文長不得超過五百字」的限制，也不必擔心「稿擠」和「塞車」，如今的世界，郵箱裡帶著朋友體溫、親手書寫的信件絕對少之又少。「物以稀為貴」，此等貴重文字，自有書寫的快樂。

當然，習慣寫信的終極目的是分享。包括閱讀經驗、愉悅心情、創作中的歡笑悲哭。也許，只是分享一首樂曲的餘音、一張畫作帶來的悸動，甚至只是一朵香花的嬌羞、愛琴海的碧波，雅典的靜好……世上可供分享的美麗真是層出不窮。

於是，家人早已習慣我對美麗信紙、信封、封緘、貼紙，博物館、美術館名作複製卡片等等寫信用品無止境的追索。於是，我的收信的朋友們就常常從信封開始和我一起欣賞某種美麗。每逢年節，賀年之外必有其他的驚喜。賀年卡因收件人而異，其中，尋覓本身的快樂我通常會悄悄收起，留著慢慢品味。

你也許會小小心心地問，如此放送，可有回收嗎？不期待回收是原則，種瓜得瓜卻是天理。我最珍貴的收藏便是成包成箱的信。

看熟悉和不熟悉的筆跡，細細體味識與不識的人們心頭的潮湧，那是怎樣的幸福，更何況還有朋友在信尾附上這樣的句子：「寄妳，只為了要妳高興——。」

出外人，吃飽再走

返回美國已近兩週，時差已然克服，不再晨昏顛倒。只是一個胃卻千方百計地製造種種不適，一再地提醒我，此岸非彼岸也。

從早到晚，肚子裡灌滿的是加了冰塊的各種飲料，無論甜酸，有無氣泡都使得那一個胃裡冷森森的，沒有半點熱呼氣。於是就想，想那一杯香氣四溢的熱茶。

臨上飛機的前一天，高雄的朋友帶我去了景陶坊。店裡正換檔，忙得不可開交之間，主人仍不忘塞件禮物在我手上，更不忘提醒我，「十月有很好的展覽，回來的時候，不要忘記來看。」百忙中，仍抽身上樓，一定要泡壺好茶給我喝。

看著主人上樓，我跟同來的朋友說，「時間太緊了，這壺茶留待下回再喝罷！」朋友是極聰明的人，拉了我就走。他太明白，一杯熱茶捧在手心，我準保熱淚長流，止都止不住。

回到家，檢查手袋裡的東西，竟多出了小小一方木匣，打開一看，是景陶坊的青瓷盅。趕快打電話給友人，謝謝他的盛情。

「不能再為妳在澄清湖泡茶了，帶走那一片青翠吧！」友人在電話線那一頭輕聲慢語。

現在，人坐在維州的旅館房間裡，手捧這隻青翠欲滴造型樸拙的茶杯，聞到了茶香，見到了澄清湖碧波蕩漾，甚至瞥見了湖心倒映出澄澈的藍天。朋友的熱情、細緻、貼心就這麼凝在了這隻茶杯上，被我帶到了時差整整十二小時的遠方。

茶，一時之間，暖了胃，卻把思緒完完全全帶回了南臺灣，那個美麗的，我整整住了三年的地方。

七月十二日晚上，正在把最後一點零星物品裝進提箱，朋友的電話來了：「想不想吃消夜啊？」

怎麼不想，一離開臺灣，到哪兒去找那爽口的清粥小菜啊！

「我好想去喜峰街。」我在電話這邊語不成聲。

「車子馬上就到，去接妳。」朋友在那一端豪氣十足。真不愧是高雄人！我忍不住在心裡讚上一聲。

在高雄市棋盤格子般的地圖上很容易找到十全、九如兩條平行的大馬路，一條哈爾濱街和一條嫩江街橫著過來，成了個四方形，就在這四方形裡，與九如、十全平行著，隱著那麼一條小街，那就是喜峰街。華燈之下，小街上市聲不斷，人們開著車，走著路，尋到這裡來，去吃那永遠吃不厭的美味。

一家賣粥的夫妻檔，每次都忍不住在他們面前駐足。幾隻小鍋煨在火上，小鍋溢出粥香。

老闆的笑盛滿了真誠，盛滿了關心。一碗香噴噴的魚腩粥雙手捧上桌，捧到面前。就那麼溫溫熱熱的，一勺一勺的，我慢慢喝著粥，再次端詳著老闆和老闆娘。

高雄畢竟是熱的，守在爐邊，更加熱。客人坐在風扇吹得著的地方，老闆那裡不但沒有一絲風，而且火光熊熊。

他坦然地赤著膊，肩上一條毛巾洗得清爽，依然由衷地帶著笑，守著那幾隻冒著熱氣的粥鍋。他的女人認真地看顧著一張桌案，切著盤盤小菜，細心地加上蔥花、薑絲，澆上調味的醬汁。熟客人走近，不等開口，兩人就忙起來，客人一坐下，粥和菜就送到了面前，那份貼心自不待言。

他們對自己的生活滿意麼？看起來，是一對樂天知命的夫婦呢。看著他們，只覺

心平氣順。我隨口讚出聲：「他們真美！」

朋友回頭深深望他們一眼，「不錯，他們真美，好清涼的。」高雄朋友讚心地淳良的好人喜歡用「清涼」這樣兩個字。

清涼！多數人都是清涼的吧！他們沒有權力的慾望，他們安心於生活的安定、平和。他們不希圖大富大貴，他們更對爭鬥毫無興趣。

我住的鳳山八德路二段緊鄰濱山街，一邊有家道地臺灣魯肉飯、肉燥飯的小店，叫做「出外人」，它的對面一家飯館，大字招牌上書「外省・麵」。本土也好，外省也罷，在這市聲喧騰的小街上和樂融融地並存著。兩家老闆和他們的客人們在南腔北調的談笑聲中迎來一個個日出，一個個日落。颱風天，他們更是同甘共苦的好鄰居。

我愛那南腔北調的大融合，聽著那悅耳的市聲，覺得踏實。

開車經過濱山街，轉上大路，不一會兒，就奔馳在前往高雄市中心的九如路上。我愛看市招，喜歡讀那些妙趣橫生的招牌，從「有空來坐」茶店到「五路財神」薑母鴨都會引得我笑得好開心，最喜歡的，是一家臺灣小吃的精緻小店，門口掛著個牌子說「吃飽再走」。

每次路過，不等進門，心裡已經很舒坦了。我們這些出外人，愛的就是那份「吃

飽再走」的體貼。體貼之間溢滿了熱情、豪爽。那種毫無間隙的體貼是多麼讓人眷戀呢！

朋友從對面遞過來小小一杯熱茶。

「妳這種沒有根的人，到底把哪兒當做家呢？」朋友快人快語，問題直指核心。紐約！我在那兒出生，在那兒度過寫作長篇的陣痛期，紐約的大度是我最重要的精神支柱。然而，人不能永遠衝鋒陷陣吧？人需要一點溫馨，一點慰藉，一點諒解，一點愛惜。

我在臺灣得到了所有的那一切。

於是我回答朋友：「臺灣、臺北和高雄，不，整個兒臺灣都是我的家。」那時候，我腦子裡閃亮著兩個店招：「出外人」，「吃飽再走」。

我覺得，我有了力氣，可以再次踏上征程了。

實在太貴了，不好意思

在希臘過春節，最痛苦的事情就是極難找到真正道地的做中菜的材料，梅乾菜、干貝之類不用談了，光是餃子皮一項就傷透腦筋。雅典的東方料理店有數的幾家，小而又小，貨品少而又少。他們服務的對象主要是菲律賓、越南來的在雅典打工的人群。這些人多半有家歸不得，偶有休息日，聚一聚，弄點家鄉口味也是苦中一樂。這些店出售冷凍餛飩皮，偶有餃子皮，厚如餅，硬如包裝紙，顏色不黃不白令人起疑，最糟是常常沒有廠牌、商標，一副「吃出毛病概不負責」的態度。

萬事難不倒勤快人。我捲起袖子自己和麵，自擀餃子皮，自己和餡，再自己包餃子。外子坐在一邊觀陣，不住地看錶。待七、八十個餃子包好，他喟然長嘆：「包這頓餃子，妳少寫兩篇文章。」

好在外交圈消息靈通，住在維也納的同行們熱情邀約，「來維也納吧！聽音樂、吃

巧克力之餘，順便採買一番。此地亞洲食品應有盡有。」

於是，我們選在一月底，春節前十天飛往維也納。計程車馳往旅館時，我注意到不遠處一家「東方食品公司」和一家「新世界餐廳」的中文招牌。

逛博物館、皇宮，聽音樂會之餘，我們踏入「新世界」吃飯。揚州菜，菜碟不大，味道卻可口，聽我和外子常用中文評說菜的質量，服務生喚來了老闆娘，一張口竟是親切、熱絡的臺灣國語。我們讚她的菜好，老闆娘笑瞇瞇地連聲說：「實在是太貴了，不好意思。一客棗泥鍋餅要這麼多錢實在是沒辦法，材料太貴了。」說到材料，我忙打聽，隔鄰的食品行貨源是否充足。老闆娘問明了我們是想買點材料帶回雅典過節，忙說：「那食品行作大宗生意，服務對象是餐館業。妳往南走，到路口往西，維也納最大的食品市場就在那裡，賣中國東西的有好幾家。一家『遠東』最是齊全。」謝過老闆娘，謝過揚州來的大師傅，我們信步向那市場街走去。

果不其然，走到哪裡，華僑的刻苦耐勞都令人印象深刻。周遭的中東、印度、馬來店家都已經打烊，唯掛著中文招牌的依然燈火通明。「遠東」果然是不負盛名，貨架上殷實得很，冰箱裡包子、餃子花色品種十分齊全，自然，餛飩皮、餃子皮、春卷皮之類也都應有盡有。拿出一包餃子皮，上面四四方方四個紅字「豐原麵廠」。端端正正

的楷書印在一張雪白的紙上，封在塑料袋內，真空包裝，背後是德文的產品說明和廠址。在維也納的豐原麵廠！我捧著那包餃子皮，呆想著一位豐原人，也許是一個家庭，遠涉千山萬水來到維也納，在這個美得不得了也貴得不得了的歐洲城市裡，開了一家麵廠。細細看去，除了麵皮還有粗細寬窄不同的各種麵條、麵線、干絲。一律端正大書：豐原麵廠。

豐原！不是臺北、高雄；甚至也不是臺中、臺南；而是豐原。我曾去那裡演講，那裡的老師、學生曾那樣熱情而誠懇地接待過我。我曾親見街上的人們那樣親切地向和我同行的老師們問好。那是一個溫暖的，好禮的地方，那是一些純樸的，善良的好人！

櫃檯後面的收銀小姐金髮碧眼，閑談之下，她是音樂院的學生：「亞洲食品行幾乎日夜有人在工作，工作時間彈性很大，很適合學生打工。」女孩笑說，沒忘了添加一句：「臺灣商人的店尤其好，春節有紅包可以拿。」我們問她老闆身在何處，小姐說，「老闆和老闆娘都在庫房裡忙。」

除了乾貨之外，我還在小手提箱裡放了乾冰，帶走了好幾包豐原麵廠的餃子皮。那是我們飛回雅典前數小時的一次大採購，這一回，我見到了「遠東」的老闆陳先生。

陳先生幫我們把大包小包提上車，連連說：「實在太貴了，不好意思。」我們請他問候豐原麵廠的主人，他連連答應：「麵廠天天送貨來，我會代你們問好啦！」

那一年的春節，我煮出來的餃子皮薄餡兒大，好吃得很。一位友人用筷子夾著透明的餃子皮問我：「哪兒找到的這麼棒的餃子皮？」

「豐原！」我大聲回答。

制勝不必出奇

自臺北返回雅典，翻閱離家期間的歐洲中文報。臺灣部分，仍以三角（或四角）習題、華航空難為主，對於二月十九日至廿四日期間吸引無數讀者、作者、和出版業者視線的第六屆臺北國際書展只有極小篇幅報導。剪了下來，比豆腐乾稍大一點而已。圖文並茂的社會新聞，男女主角的缺乏智慧令人驚訝。華航空難之後的報導中充塞了太多的猜想。空難之後最需要的是科學分析，是檢查事故發生的真正原因，任何的意氣用事都只能製造混亂。

何以缺乏智慧？又何以遇事只能意氣用事？細想一下，無非是好書讀得不夠而已。我們和人交談，常聽人說，忙得不得了，哪裡有功夫讀書？這些人手持大哥大，衣著整齊，但他（她）沒想到，看在讀書人眼裡，他（她）們「語言無味」是逃不掉了，離「面目可憎」也已經相距不遠。

那許許多多的應酬是必要的嗎？那八圈搓下來仍不肯打住的圍城之戰是必要的嗎？更不用說燈紅酒綠之外的副產品了。

放眼今日臺灣，何種消費最為低廉？非出版品莫屬。又何種消費帶來的負面影響最小？答案是讀好書。

行文至此，不禁苦笑，謹慎到言必稱「讀好書」而不敢隨便談「讀書」。世上有無數好書，也有壞書，甚至壞到我們不願將這種東西視作「書」。那種字裡行間充滿惡意、醜陋和虛偽的東西，我們能夠稱作「書」嗎？雖然那種東西曾經「熱賣」，曾經帶來了很多的金錢。

有人急吼吼地辯白：市場這麼小！華文寫手、出版社不出奇制勝，行嗎？

制勝不必出奇。九歌文化的《新詩三百首》上、下兩冊一千三百多頁，銷售成績可觀。東大圖書推出莊申先生的《根源之美》，不僅榮獲金鼎獎更成為大批讀者的案頭書。臺北書展一千多個攤位中，角落裡，清清爽爽的里仁書局，據友人說，憑著十全十美的服務態度和百折不回的辛勞，一向少人問津的經史子集也賣得有聲有色。

其實，「只出好書」是臺灣大多數出版家的原則。這次，因為拆巷子而忙得人仰馬翻的爾雅出版社不得已未能參展。爾雅出了卅年的年度小說選，為臺灣文學的發展立

起一座座里程碑，卅年的心血與付出使爾雅在中國文學出版史上占了重要的一頁。年度小說選自然長銷。

其實，這還只是「制勝」的開始。途經香港，見香港青少年選購正體字字典，見大陸客選購正體字字典和臺灣出版品，十二萬分欣喜。喜的是臺海彼岸中國人正在重拾中國字的尊嚴，喜的也是臺灣出版品將面對一個大得無可比擬的市場。

雖然世界人口的四分之一使用中文，但因為政治和文化的因素，臺灣優秀出版品長期與那個巨大的市場分隔著。但是，世事在變，虎年以來，大陸意識形態領域的漸漸鬆動已經引起國內外的廣泛注意。務實一點，中國大陸的形勢不會在瞬間大大惡化，也不會在瞬間大大改善。所有大起大落的猜測只是版本不同的神話而已。然而，龐大人口對優秀出版品的渴求是存在著的。直接的輸入還需要時間，大量而持續不斷地輸往海外華文市場卻是眼下就可以施行的，端看業者有沒有遠見、魄力和膽識。

站在人潮洶湧的臺北國際書展美洲館，我和來自美國明尼蘇達的Cowles創意出版總裁伊恩・麥法蘭先生有過一段愉快的交談。

我問麥先生，何以他的攤位上沒有什麼炙手可熱的新書。麥先生答曰：「沒讀過的書就是新書。讀過了的書仍可以溫故而知新。」

我們的目光掃過書展中心掛成一排排、金紅色、燈籠般的「金錢文化」彩飾，麥先生有一番議論：「文化產品生成和推銷的過程裡，有很多人參與，對於這些人來說，學會理財是必要的，懂得理財絕對是好事。但是，理財不能也不應該成為信仰。金錢不是文化生產的目的。絕對不是。」

「金錢也不應該成為評定文化生產優劣的標準。」我也表示了自己的意見。

麥先生笑說：「其實，優秀的文化產品命中注定是常勝將軍。」

「人類還有追求真、善、美的智慧，那就是文化產業致勝的法寶，《鐵達尼號》席捲全球該是明證。」我接了下去。

「出版業者不可能看不到這一點，尤其是絕頂聰明的中國人。」麥先生語重心長。

五色土

插畫家大方和我隔著三步遠站在「五色土」上。那是一個圓，聽說早先是用五色石板鋪成。九五之尊不必離開紫禁城，自那黃土碾壓過又灑了水，平展展的土道上，踱上這地場。腳下五色祥和，頭上碧空如洗，君臨天下的豪情自然升起。我常想，當年的皇上若真有心與上天對話，似乎是比在天壇更有底氣的。五色石早先不是女媧煉了來補天的嗎？如今卻安然被踩在那青緞皂靴之下，想不豪氣干雲也難。

我們自然沒趕上那勝景，石板也早就被灰撲撲的水泥取代，只不過圓心那二尺直徑的一個小圓仍用五色碎石拼成。五〇年代，盛行交誼舞，高級的，去中南海跳，次一點的，在北京飯店跳，再差些的，就上了這五色土。彩燈之下，塵頭大起，人人跳得一身灰土一臉汗污，心境大抵是歡快的。

我們那時候又太小，溜邊兒瞧瞧看看，再過些日子，才能「五・一」、「十・一」

的在天安門大跳集體舞。

再以後，「五色土」一次次被大字報淹沒，早年風華不再。大方卻一直有夢，想著有那麼一天，領著我，在彩色燈光下，在這「五色土」上，跳上一支慢四步。

如今，大清早的，二、三十位老人家精神抖擻地在半個圓上，拉著馬步，一趟一趟地打著太極拳。「五色土」四圍仍是黃土，不曾灑水，不曾碾平，一味地暴土狼煙。周遭參天大樹早已蹤影不見，數年的小樹乾巴巴地呆立著，沒有半點風姿。陽光透過密密的塵埃，昏昏地曬了下來。我忍不住嘆氣。

大方卻覺著了，艱難地挪動一下早已殘了的雙腿，抬手想說什麼，抖抖地又垂了下去。

當年，他曾為《大衛・科波菲爾》中譯本畫插圖，迷倒多少青年男女。數月前，他寄我一些鋼筆畫，衷心企盼有生之年與我合作一次，為我一本小書作幾幅插畫。

我卻在羅馬和倫敦覓得上好老插圖，橫了心，作了副本寄他，想他看了這些典雅至極的玩藝兒也就丟開手了。

沒想到，他半點不氣餒，畫來的圖秀秀氣氣，十二分的中國風。他的右手早就抖得連字都寫不成，十多幅畫，筆筆不潦草，不知他怎麼辦到的。

一方土養一方人，半點不虛。遠在臺北的出版人卻對那一絲不苟的鋼筆畫沒有半點興趣，在文字中間穿梭往來的，是五顏六色，童趣十足的水彩畫。我拍的照片也被大大縮小，納入其中。友人說：「何必如此花稍？」青年讀者說：「好漂亮吔！」書店主人說：「賣相不錯！」出版人說：「相信你會喜歡。」相當的篤定。

我卻想著大方抖著的手，想著當年他筆下的典雅和溫柔、沉靜。想著我們站在「五色土」上，終於沒能跳成那一支慢四步，滿心的愧疚。

但是，在遙遠一點的地土上，陽光卻不是透過塵埃灑下來的。陽光是那樣輝煌地照射在岩壁上，照射在海面上，將雲層照耀出七色彤彩。

在五色土和七色彤雲之間，我選擇了後者的輝煌和明朗。然而，我的心卻從來沒有離開過五色土，我的眼睛也沒有離開過各方水土上生就的各方人。

請給現代文學資料一席之地

近年來，臺灣政局成為世界矚目的焦點之一，臺灣的選舉文化也被熱烈地討論著。在彩旗、歡呼、掌聲之外，聯副一如既往，平靜地將文學的議題呈給海內外讀者。

欣喜地看到龔鵬程校長關於文學不死的敘說，百感交集地讀到李瑞騰博士對文學資料館的意見，由衷認同在迎接新氣象的同時必得面對一個老問題，文學該被置於何處的問題。

文學正如石縫中的小草，半滴露水，一絲春風，引來生機無限。看對岸好了，如此一次次剿滅，一次次水浸、火焚，稍一安定，又神氣起來，文學的花開得如火如荼，結的果實更是傲人。但是，文學畢竟是文學人的骨血凝成，如果社會已經進入繁榮與祥和，文學的軌跡是應該有條件留存下來的。

半個世紀以來，華文文學的出版重鎮是臺北，無論世人願與不願，這是不爭的事

實。詩人、散文家、小說家、戲劇家、評論家也都在臺北尋得了相對穩定的園地。種種歷史因素使臺北擁有廿世紀最豐沛的華文文學資料，它們多是第一手資料，相當珍貴。

臺北又得天獨厚，有那麼一些可愛的朋友，不受混亂社會的誘惑，更不將名利放在眼中，一味地付出心力和汗水，使文學資料的收集、整理工作十多年如一日地持續進行。《文訊》工作班子就是在「關閉」、「合併」、無處可去、無家可歸等等的驚恐之中一步步走到今天的。

究其原因，自然與決策層將文學視為可有可無關係密切。

但是，一九九八年年底，一九九九年年初，臺北氣象更新，碧空如洗。海內外善良的文學人又一次萌生希望：給《文訊》已經累積出可觀成績的現代文學資料一席之地。

一百年之後，當世間和華文文學有著各種因緣的人們想一探廿世紀經歷獨特的華文文學史觀的時候，他們是不是非得借重美國國會圖書館、哈佛、耶魯、北大、人大、舒乙創辦的現代文學館不可呢？他們能不能按鍵找到臺北文學資料館，對那大時代產生的奇瑰美景有個全面的、更加直接而客觀的瞭解呢？

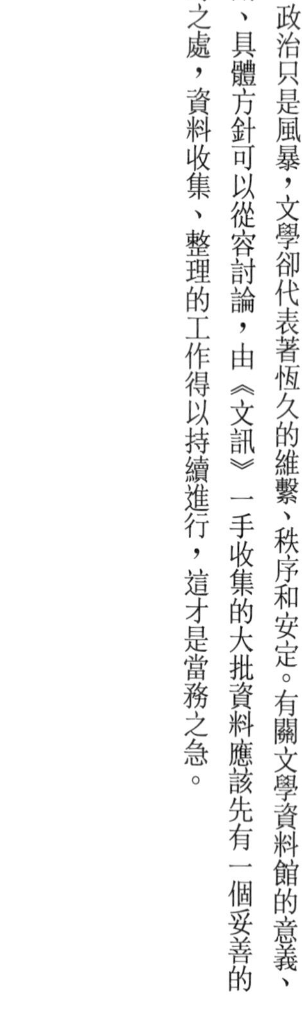

政治只是風暴，文學卻代表著恆久的維繫、秩序和安定。有關文學資料館的意義、原則、具體方針可以從容討論，由《文訊》一手收集的大批資料應該先有一個妥善的存身之處，資料收集、整理的工作得以持續進行，這才是當務之急。

半粒粽子

在北方長大的人，很少用「粒」這個量詞。拳頭大的粽子，北方人必用「隻」或「個」，江浙一帶的人，若用「粒」這個量詞，多半是一粒豌豆，一粒紐子之類的小東西，粽子，仍是用「隻」來論的。

我第一次聽人說「一粒粽子」是在新疆，說話的人是位四川小婦人，一九六八年，我們叫她「小四川」。

那個年頭，天府之國已經養不活太多的人，小四川家裡姐妹多，兄弟少，日子難過，和許多四川人一樣，奔了新疆，希望兵團的工資和商品糧給他們帶來比較好的日月。

小四川運氣好，在途中就遇上了善良樸實的「老四川」，到了南疆，就去登記結婚，趕大車的老四川一分錢沒花就得了個圓圓臉、笑盈盈、又勤快又好心的小四川，自然

整日的喜氣洋洋。

小四川一進婦女班，圓鍬、砍土鏝舞成一朵朵銀花，幹活著實賣力。她和老四川成分都是下中農，自然沒幾天就成了紅旗手。

小四川也是我們的寶貝。所謂「我們」，就是我和小眉兩個，住在同一間地窩子裡，學校缺人的時候，常叫我們去代課，兩人「成分」都「高」，整日不言不語還得小心著禍從天降，看無憂無慮的小四川出出進進，著實是一樂。

那年月，對我們來說，有今日沒明日，春夏秋冬早已失去意義，每天扛著鐵鍬、斧頭上工地，將胡楊林斬盡殺絕，幹的竟是變綠洲為荒原的勾當，不用說抗議了，連臉色都不能有，否則授人以柄，死得更快。

一天，好不容易熬到收工，小四川在路邊等我們趕上來，笑嘻嘻地邀我們去她家。我和小眉面面相覷，小心問：「有事嘛？」

小四川嫣然一笑：「今日端午。」

久違了，端午，屈大夫和他的《離騷》早已被打翻在地。南疆這個地方，這個時節，除了玉米，啥都沒有，捏不成個粽子。沙漠，戈壁灘上又划不得龍船。日曆上又只有陽曆沒有陰曆，怎麼還會掛心什麼端午！

洗了手臉，我和小眉還是不聲不響去了小四川的家。地窩子外邊一樣的灰頭土臉，裡面卻用白地藍花的土布圍了牆圍，床頭地腳乾乾淨淨。

老四川忙著在灶上燒火，鍋上有個小蒸籠，熱氣騰騰。小四川在木頭桌子上放了一碟子泡菜，四隻小碗，四雙筷子，笑瞇瞇地招呼我們坐在小板凳上。一時三刻，兩人揭鍋，端碗，小桌上赫然出現了兩隻粽子。

「我們一粒，妳們一粒。」小四川笑著。

真的是粽子！

找不到竹葉，小四川用的是嫩嫩的葦葉。糯米不夠，小四川摻了一把糙米，沒肉作餡，小四川找了把紅小豆，細細去了皮，糖還是從四川老家帶來的粗粗的紅糖，小四川細細拌了又拌，這才包上。

無功不受祿！在這缺鹽少油的充軍之地，一粒粽子何其金貴！我和小眉如何消受得起！我看看她，她看看我，我們都沒勇氣拿筷子。

「趁熱吃！」老四川笑著勸，一邊動手剝粽子。

葦葉清香清香的，粽子上也有點嫩綠色，晶瑩奪目。

小四川看看我倆，笑了。

「人都說，這學校裡就妳倆教的好，待我家娃娃進學校，還要妳倆教哩！」

小眉靈，一臉喜氣：「幾個月了？」

「早哩！臘月生。」小四川笑。

這會兒是一九六八年，待小四川的娃娃夠入學年齡，少說也是一九七五年的事了。我能活到那時候嗎？更別說教書了。

「別煩心。」小四川勸我：「時事哪能老是這個樣哩！」

我和小眉一小口一小口地吃下了那粒粽子，同時吞下去的還有強忍回去的淚水。那粽子糙糙的，又甜又鹹，非常好吃。

在新疆九年，過了九個端午，吃了半粒粽子。

待我離開新疆的時候，時事仍沒有大變化，我終究沒有教過小四川的娃娃。老四川是早早就老了，彎腰駝背，失去了早先的靈活。小四川的圓圓臉在生產之後就尖了起來。沒幾年，她的笑聲就完全聽不到了。小眉在吃過粽子不久就被「揪」了出去，沒過幾年，她就開始吐血，死的時候才廿九歲。

但是，從那以後，我習慣了用「粒」這個量詞，伴隨著那半粒粽子，我牢記著小

四川對將來的憧憬和信心。在食不下咽的日子，我記著那半粒粽子的甜與鹹。

在讀書人斯文掃地的日子，我記著小四川對老師的期待。

是啊！時事不會老是那個樣，屈大夫和《離騷》都已經歸了位。

要緊的是，不能忘了那半粒粽子，以及伴隨著那半粒粽子而來的，與時事風馬牛不相及的價值判斷。

悲從中來

七月廿五日，應參議院外交事務委員會主席Jesse Helms先生之邀，去參議院德克森樓(Senate Dirksen Office Building)為世界銀行對中國大陸新疆地區的援助計畫提出一些意見。

要不要去作證？我考慮過很久。

最先想到的，是我離開那個地區已經整整廿年。廿年是一個很不短的時間，世界銀行對這個地區的研究是在八〇年代開始的。我是多麼希望他們的研究接近真實，他們的援助有相當的理由。

然而，一九九一年，大量的金錢被送進大陸，名義即是援助新疆的建設的同時，十萬名勞改犯也進入了新疆。這樣一種時間上的「巧合」，恐怕不是世界銀行的善良人們可以想像的。

我在想，廿年前的經驗在最近的歲月裡仍然有其延續性，也許仍然有價值。於是，有了幫一點忙的念頭。

但是，七月份是我離開華盛頓地區，搬到雅典去的日子，大搬家使得一切都非常地不方便，電腦所作的最後一項工作是打出了證詞，之後就裝箱，準備漂洋過海了。搬家公司在經過三天緊張的包裝和搬運之後，在七月廿四日晚上八點鐘把我住了一年的地方變成了空屋。

似乎冥冥中有一個力量在推我：妳已經住進了旅館，即將啟程，還有什麼事可以阻撓妳去作這件妳應該去作的事？

是應該去作的，無可推卸。

是必須去作的，無可逃遁。

為什麼要逃？怕痛而已。老傷碰不得，一碰就痛徹心肺，數日不得安寧。經驗在告訴我。

然而，很自然的，我穿戴齊整，出發了。不太像去作證，有一點在大學期間夾著講義去講堂的味道。我的「講義」紮紮實實地說明了新疆生產建設兵團複雜的組織結構以及它的對中央政府而言「召之即來，來之能戰」的特殊功能。有一點像一篇學術

報告，份量頗不輕。

我相信世界銀行的善良願望，只是，他們得不到真相而已，我所要作的，只不過是告訴他們，真相是一個他們可能並不希望面對的東西。很無奈的。

下午兩點鐘，聽證會正式開始，秩序井然中，美國聯邦政府財政部的官員首先講述他們和世界銀行對新疆現狀的研究。美國「勞改」基金會把他們的研究提了出來，很強烈地表示了對世界銀行援助計畫的不同意見。

在我把該作的事情作完之後。兩位來自新疆的維吾爾族青年發言了。他們先用維語講，一位學者再把他們的發言翻譯成英文。

我有了充分的時間咀嚼他們的意見。

一位年青人一九六四年出生在阿克蘇地區的兵團裡，他的話正好接上了我的證詞，使得近一、二十年的兵團現狀一覽無遺地坦露出來。

「新疆，那樣一個鳥語花香，歌舞昇平的地方！」每當聽到這種議論，我連辯駁的興趣都沒有。

不止是兵團百萬人員對自然環境的長時期破壞，更重要的是兵團對地方少數民族的干涉、限制甚至鎮壓，更重要的是兵團內部對不同聲音的徹底禁錮和滅絕。那樣一

個不給自由心靈存活機會的廣袤的牢獄。

許許多多令人心悸的記憶被我牢牢地鎖在記憶的深處。青年的發言竟像一隻有力的手一點一點地撬開了那隻潘多拉的魔盒，放出了張牙舞爪的恐怖之神。

中國大陸最大的古拉格，所有的殘暴，都在日復一日的苦役，日復一日的無望，日復一日的心靈的一滴滴死滅中，完整起來，「合理」起來，合法化起來。

我曾期待改變，我曾期待中止那已然規範化的殘暴。然而，青年的指控粉碎了我的期待。是的，黑暗不再濃稠得化不開，但黑暗仍然存在，且明目張膽起來，青年口中的數字是清晰的。為了宗教信仰自由，為了維護自己的文化和生活習慣，甚至只是為了生存的水源。少數民族付出的是青年們的鮮血、生命、自由與青春。

太熟悉了，好像是今天早上的事。黑暗像一塊密不透風的篷布，兜頭壓下來，我感覺到呼吸的困難。

但是，有些人是視而不見，有些人是沒有機會看見，總之，自由人和他們的組織如果無法腳踏實地作獨立而深入的研究，他們是看不見更不要說看透那黑暗的。

坐在證人席上，我陷入了悲傷。人們的討論顯得何其遙遠，我對面的努力想明白這一切的參議員們，等待裁決的世界銀行的人們，遠在天邊，和大陸隔海相望的臺灣

的朋友們，所有這些可親可愛的人們，他們穿透黑暗的努力在那一團團的瘴毒之外顯得多麼無力。

從瘴毒之中走出來的遍體鱗傷的人們要怎樣才能縮短那個「知」的距離呢？

我沉默不語，悲從中來。

痛到發麻的內心，在憂傷中一點一點地聚集起力量。我開口了，一個個單字像出膛的子彈，直指瘴毒的中心，也許，那會使我耗盡全身力氣，多日不得安寧。

然而，我再也顧不得了。

聖誕佳節只盼信

十二月初，婆婆從康州打電話到高雄，閒閒問了一句：「妳的聖誕老人還在工作間日夜趕工嗎？」我笑答：「他老人家早就到夏威夷度假去了。現在，正躺在沙灘上曬太陽呢。」婆婆在電話線那一頭讚道：「妳可真是一隻早飛的鳥兒！」

這隻早飛的鳥兒，可真正是「早」得可以。

夏天，我們回美國度假，我的「聖誕老人」已經開始準備聖誕禮物了。有時候，在購物中心我會對身邊兩位男士說：「我們分頭逛街，兩小時以後這裡見。」

父子倆對望一眼，會心一笑，瀟灑地離去。

兩小時，眨眼間過去了，遠遠望見我大包小包走過來，兒子會上來問：「哪一包我可以幫妳提？」先生只是知趣地笑笑，並不伸手幫忙，最多調侃一句：「我希望我們的信用卡沒有爆掉。」

路上，我會漫不經心地囑咐他們：「回到旅館，我得休息半個鐘頭。」他們永遠十二分寬容地同聲回答：「別擔心，多休息一會兒。」父子倆心中雪亮，我的聖誕老人已經上班了，而且那大包小包之中毫無疑問的，都是給他們的禮物。

房門一關，我就有條有理地開始作「粗包裝」，用普通的紙把盒子一個個包好，再用極潦草的中國字寫上禮物的內涵和受件人的名字。想想看，半年的準備期，不如此一一記錄在案，一定會忘掉個四、五成！

到了十二月初，我就會細心安排一個有趣的節目，將那父子倆快快樂樂送出門，自己在家裡為禮物換上色彩繽紛的新包裝，貼上卡片，紮上彩帶，一一放在聖誕樹下。如此這般，Santa的工作就基本完成了。只等聖誕夜，兒子熟睡之後，我們夫婦會躡手躡腳走進客廳，茶几上，兒子為聖誕老公公留下一杯牛奶，一小碟餅乾，也掛了一隻大襪子在那裡。我們心滿意足地吃掉這頓消夜，把兒子最盼望的一件禮物放進那隻大襪子。

天剛亮，我們就會聽到兒子衝進客廳以後發出的那一聲驚呼，那一聲讚嘆，以及一連串的辨不清意思的歡聲大叫。

穿著睡衣，一家人圍坐在聖誕樹下，兒子「負責」把禮物送到每個人手上。不一會兒，大家身前身後都是五顏六色的包裝紙。

看父子倆那時的面部表情，是我這一會兒的最大享受。

我不是為聖誕節才選禮物的，對我而言，聖誕老人的工作實在是極浪漫的，我刻意地把那「工作時間」延長再延長，只期盼我對家人那份濃濃的愛意可以在那長而又長的「工作時間」裡得以抒發。

愛是體貼，是無盡的關心。那一件件禮物的選擇過程裡，含著多少瞭解，多少關愛！

我當然也會收到禮物，兒子是「藝術家」，他年復一年地，更加圓熟和老練地用他的彩筆把他對媽媽的愛宣洩在紙上，現在，他又學會了用紙粘土創造更加生動的世界。

我的先生運用的是傳統的老辦法，讓我有機會每時每刻生活在他的愛意裡，他的禮物掛在我胸前，在我的腕上閃爍，近年來，他知道了筆在我生活中的份量，於是「易握」、「長久使用手指不會痠痛」的筆就經過他的手到了我的書桌上。

一切都是那麼美好，那麼溫馨。

但是，於我，內心深處卻有著一個更為廣大的世界，在那個世界裡，有著許多許

多人，他們不能和我一起圍坐在聖誕樹下。

我的目光越過那一隻隻精美的禮物盒子，在滿坑滿谷的聖誕卡片中逡巡著，查找著，近在同一個城市的友人，有沒寫幾行字給我？那隔著大海，隔著群山，素未謀面而肝膽相照的朋友有沒丁點消息？那心心相印，但五年、十年見不上一面的老友可還安好？那妙語如珠的文友可曾在卡片中夾進一篇得意之作？

無盡的思念只化作一個渴盼。盼那美麗的小鹿再一次在我門前響起鈴聲，盼聖誕老人從肩上的大口袋裡掏出一捆又一捆的信件：多一封信，就少一份焦慮；多一封信，就少一份疑惑；多一封信，就多了無盡的安慰，無盡的喜悅；多一封信，就多了一份依靠，可以撐到來年聖誕鐘聲再次響起的時分。

視情況而定……

在焦急中收到彼岸友人的來信，信中友人悲憤莫名地告訴我他的近況。

他的妻子因罹患子宮肌瘤而住院開刀。院方通知他，醫院無血，要他自行購買。他遵命去了當地的中心血站，花了大價錢，買了三千八百毫升新鮮而無菌的血液帶到醫院，交給院方。

病人在三個半小時的手術後，從手術室推了出來，輸血仍在進行中。友人不經意地看了一眼輸血架，赫然發現，正在一滴滴流進妻子血管的竟不是自己買來的血。那血袋上標明，內裝二千二百卅毫升血液且不知從何而來。

友人大驚，向醫生、護士查詢。對方只是搖頭，回說：「不知道。」

妻子正在昏迷當中，一切都無從談起，友人只好一級級追問。

終於院方給了回答：「你的妻子有二千多毫升血就夠了，另外一個病人需要三千

多毫升，但是輸血者只提供了二千多毫升，醫院只是『掉個包』而已。」

友人急了，問道，那輸血者是否健康，那血液是否可以輸給病人，有沒有作過檢驗。

院方極不耐煩地回答：「血型沒錯就可以了。醫院有權視情況而定，作出任何處理。」

友人是一介書生，當時又氣又急，幾乎暈倒，望著昏迷不醒的妻子，悲憤得無以名之。

醫院裡上上下下對這一幕視若無睹，因為實在是太平常、太平常了，不值得大驚小怪。

書生只有紙和筆，他跌坐在醫院走廊昏暗的燈光下，把這一切寫下來，寄給了我。一張薄得不能再薄的粗糙的信紙，承受著太多的壓抑、太多的無奈、太多的悲憤，悄然飄過臺灣海峽，落在我的書桌上。

寫信的時間是大陸改革開放十多年後的一九九五年，三月十二日。

我在高雄收到友人來信的時候，又正好讀到臺灣遠東水泥負責人在對岸所遭受的欺侮。

一件事，是千萬件類似事件之一，彼岸朋友只會淡淡說一句：「忍了吧！不忍又當如何?!」

另外一件，經由彼岸新聞界的報導，使此岸朋友生出了警戒之心。遠東水泥的朋友們付出高昂的代價，為此岸朋友得來了一個大教訓。

看這兩件事，我都一直在想那「視情況而定」的五個字。什麼「情況」？無非是當政者，權力在手的傢伙們的方便、利益而已。而那個「定」則包含了處理、設計、借力打壓、借刀殺人等等許多玩藝兒在裡面，惟獨不加考慮的是法律和人權。

我不敢設想，我友人的妻子如果輸入了有病、有菌的血液，現在的情形又當如何?!我也不敢設想，在有「計畫地吸收臺資」的一連串政策與行動中，又有多少本來滿腔熱誠想作一點事的此岸朋友又會遭到怎樣的打擊。

然而，忍耐畢竟是有限度的吧？人的生命與尊嚴是不該這般地被輕視的吧?!

信中，友人曾萬般無奈地要求我，轉告此岸的朋友，當身體有任何不適時，請不要急著踏上彼岸的土地，因為那不是適於患者得到醫療照顧的地方。

我卻回答他：視「情況」而定吧！大陸的情況不能永遠漠視法制與人權。一旦這兩樣好東西在大陸生了根，那地方也該是適宜於健康人和病人居住的吧！

一生「沒戲」的一代
——難忘我商潮中的老同學

一九八三年，我自美東返回北京，和任職美國駐華大使館的外子在那個城市裡住足了三年。三年期間遇著過不少老同學，有一塊兒在山西插過隊的男女「老插」，也有一塊兒在新疆生產建設兵團「修過地球」的老「戰友」。那時候，好多人還在忙著「回城」，想方設法弄到北京的戶口，好多人還在忙著「調動」，想方設法將分居兩、三地的家庭成員給「弄到一塊兒」。自然，也有不少人已經遷回了大城市，半條命送掉了，另外半條命則在「折騰房子」，想法子為自己、丈夫或妻子以及半大不小的兒子或女兒爭取一個遮風避雨的屋頂。和他們聊起來，一個共同的詞兒就是「沒戲」。也就是說，理想、事業、愛情甚至個人愛好，都已經不能為之奮鬥或爭取了，他們的人生舞臺將成空自已是定局，那時候，他們只不過正走向不惑之年。

一九九五年，「改革大潮」洶湧澎湃已近廿年。老同學又見面了。這次，我在北京只停留四天。四天之內，「沒戲了」之聲不絕於耳。不止是「老插們」，連「老三屆」或是文革期間大學畢業分配外地的，都一迭連聲地談「退休」了。戶口沒辦回北京也不要緊，反正靠糧票、布票過日子的時代終究是「過去了」，有錢就有糧，有錢就有「商品房」可買，倒騰點兒錢是要緊的。這些已近「知天命」的男人和女人，多年來跑遍了大江南北，東北、西北邊陲。對於「供」與「求」之間的種種早已熟悉得很，倒騰一點「緊俏產品」還不算難，於是各顯神通，小打小鬧一番，為自己的晚年未雨綢繆。他們說「沒戲了」，完全是認命的表示。

幾年來，他們的消息少了，從海外寄信進去，收到、收不到的，都少了回音。想想也是很能瞭解的。多數人和特權階層沒有甚麼牽聯，人家可能有的各種好處自己都沾不上邊，除了把希望寄託在下一代，期待下一代多少「有點兒戲」之外，還有甚麼話說？牢騷發多了容易出亂子，更不用說和身在海外的「老同學」通消息，沒啥實惠，自然也就作罷了。

四月份，在羅馬住了七、八天。每天看衣著光鮮的義大利男女喝著啤酒，嚼著火腿三文治，輪班示威，大呼要求增加工資，減少工時，提高福利。

每見此情此景，我會好想念遠在大洋彼岸，一輩子「沒戲」的千萬男人和女人，

他們求學時代的夢被文化大革命燒成灰燼，「上山下鄉」，「接受貧下中農再教育」的過程只是用力所不能及的體力勞動使這些稚嫩的身體帶上各式各樣的傷殘。「回城」徹底耗掉元氣。「改革」大潮中，他們被徹底拋進了谷底。沒有接受完整的教育，知識結構跟不上時代，以及意識形態方面的更加茫然成了他們被拋棄的理由。

有人說，他們早年是紅衛兵！罪不可恕。其實，很多人從來沒有資格進入「紅色」的任何行列，從一九四九年開始，在他們尚未出世或只是牙牙學語時，就注定了「一生沒戲」的宿命，更不用說「紅衛兵」行列裡仍有許多無辜。

無論怎樣，這些人在世紀交替的時刻，他們大概不會有任何的歡欣和期待。在政府雷厲風行地改革政府機構，實行「資產重組」的當兒，頭頭腦腦們都在奔走經營自己的新位置、新權力、新實惠的當兒，這些「知天命」的、普普通通的男人和女人們又一次被推上砧板，成為「減員增效」、「提前退休」政策的直接對象。接踵而來的是住房的「深化改革」，先由「福利分房」改為「部分產權」，其中還有「小部分產權」變為「大部分產權」，大家鬧不清「小」與「大」之間，自己的產權增加了幾成，只是眼看著幾年內五元、十元攢下的幾萬塊錢交上去了，老房子並沒有添加一磚一瓦。

如今，政府說住房建設將是「新的經濟增長點」，看起來已經「立竿見影」。只是

一次次交錢的人們心裡只盼一件事：下次交錢那大部分產權就可以變成全部產權，要不然還得一次次攢錢，而那勉強遮風避雨的小屋可能成了無底的黑洞！甚麼空調、甚麼VCD，拉倒吧！想也不用想。

還沒完，醫療也在「深化改革」，住院、開些比較頂事的藥也已經不能再期望，痛了二、三十年的腰和腿只好忍著了。

還有，煤氣、電、自來水的「改革」也都在一步步深化中。

我看老同學日子過得如此辛苦，好言相問能不能幫忙。他（她）們只擺擺手，比那些下崗的、待業的、「夫妻雙雙把家還」的，還算是好的呢！再說，人太多，你們在海外的又能幫幾個呢!?

一位老同學，北大畢業，多年來在外地教育「戰線」上鞠躬盡瘁，日夜操勞，弄得渾身是病。眼看要退休了，我還跟他說，退了也好，安心寫點自己要寫的。沒想到，這位筆下很來得的朋友回答我：「一家學報來函要我一篇論文，按字計價，千元以上，可在該大學學報上全文刊登，倘要省錢，就只能登摘要。作者不但沒稿費，還得花錢『買』版面。這算是一種甚麼特色的東西呢？」

多少年來，我的同齡的朋友們，只發出了這麼一點點火氣！政治運動的千般苦處他們嚐遍了，改革的曙光照不到他們身上，而最最要緊的，是誰使他們，以千萬為計算單位的這一大批人，成為「真正沒戲了」的一代，竟無人追究了！而他們的下一代安身立命的法則更是全然變過了，他們將成為真正被命運欺凌的一代。

未求「分裂」，只求「自治」

看到一九九六年七月的《開放雜誌》就新疆問題而作的報導，感覺強烈，很想提出個人的經驗與意見，供《開放》的編者與讀者參考。

一九九六年七月廿五日，美國國會參議院外交事務委員會就世界銀行貸款給中國大陸新疆地區一案舉辦聽證會。

筆者作為一個曾在南疆地區住過九年的美國公民，出席作證。

新疆的情況極為複雜，加上地域廣闊，交通不便，當然更加上多年來大陸當局一手遮天的國際、國內宣傳，任何國際組織（包括世界銀行在內）不經過長期深入獨立自主的調查研究，是絕對不可能瞭解真相的。

百多年來，於漢人而言，新疆是充軍、流放之地。一九五〇年以後，大陸當局執行「摻砂子」的政策，破壞新疆地區的種族結構，使得原來住在新疆的維吾爾人由「多

數」而變成「少數」，成了事實上的「少數民族」。但是，「到新疆去」，對於轉業軍人和支邊青年而言，決非上天堂，無論怎樣鑼鼓喧天，無論怎樣「高歌猛進」，都擺脫不了「發配」的心態。

新疆生產建設兵團更是一個怪胎。擔任領導職務的現役軍人和復員轉業軍人，多少是「犯過」各種「錯誤」，派赴新疆「戴罪立功」的。他們要用各種機會「東山再起」。兵團各級骨幹都是家庭出身「好」的「紅五類」。「優異」的表現才能為他們帶來「入黨」、「調幹」，甚至回城的未來，他們自然是當局最有力的依靠對象。

兵團是一個「反修防修」的「建設」部隊，對外是要反對當年的老大哥的「入侵」，對內是要維護「民族大家庭」的安定、「團結」。少數民族的任何不馴服的表現自然均在鎮壓之列。至於「防修」的部分，我們就不得不面對新疆有著中國大陸數量最多的勞改犯這樣一個不爭的事實。遍佈各團場的禁閉室，基建隊更是外人無從窺視的「私刑」之地，以及勞改之後「新生人員」苦度餘生的集中管理之地。

維吾爾百姓看兵團這樣一個怪物是完全不能瞭解的。

新疆於維吾爾人而言，是他們世代居住的家園，是他們全心熱愛的樂土。他們不要征服、不要殺戮。他們只要自自然然的生活和勞作，他們熱愛自由，他們每天都用

歌聲和舞蹈滋潤著身心，他們也每時每刻用信仰淨化著自己的心靈。

維吾爾人是善良而寬容的。他們常說的一句話是：可容忍再一、再二，不可容忍再三、再四。

漢人來到水草肥美的綠洲，安營紮寨，跑馬占地。維吾爾人搬遠些，眼睜睜地看著那綠洲被糟蹋成荒漠。漢人又逼到面前了，維吾爾人再一次搬遷。老戲重演之後，如果再有第三次。維吾爾人不再退讓，拔刀而起，於是流血，再流血，綿綿不止。

筆者一九六七年至一九七六年住在南疆巴楚地區，當時數十萬「兵團戰士」的營生就是把塔克拉瑪干大沙漠北部邊緣的巨大自然胡楊林帶砍伐淨盡。維吾爾人睜大眼睛看著家園的自然屏障一天天消失，兵團開墾出來的條田迅速被沙漠吞噬，維吾爾人只好向北再向北，一邊退一邊種樹……在他們世世代代生活的土地上，在他們自己的家園裡！

人們會說，那是大陸當局的政策失誤。但是執行政策的人心理上自然的變本加厲恐怕是更重要的禍害。

當局高唱「各民族大團結」，但是漢人對非漢人的歧視、厭惡卻是自然而然並且從來沒有受到過任何制裁的。

是誰趕著豬群自穆斯林的田園上呼嘯而過?!是誰將豬肉從屠宰場拉出來，鮮血淋漓地從穆斯林的村莊、集市上緩緩經過，其乖張，跋扈簡直不似人類?!是誰拆毀清真寺，毒打受人尊敬的大小阿訇?!是誰把那醜怪的毛像懸掛在維吾爾人敬奉《可蘭經》的位置上?!是誰把向著麥加祈禱的老人從地毯上拎起來，把人家打得頭破血流?!

信仰是人們發自內心的力量，以上諸般醜行累積的只有仇恨。在維吾爾人的心中，他們嚮往的只是麥加，絕不是北京。他們與北京之間從來沒有「合過」，哪裡談得到「分離」。

北京給了新疆甚麼?數百萬不信神的，不懂當地語文的，不知穆斯林習俗的，只知占地，甚至切斷水源的漢人。

維吾爾人在飽受歧視、凌辱、劫掠之後不能要求那本來答應給他們的「自治」嗎?!要求「自治」而不可得，維吾爾人只有揭竿而起，為自由而戰了。「東土耳其斯坦」的戰士們一批比一批年青，難道不值得自由世界思索嗎?!

根據筆者的經驗，維吾爾人是可以和任何人種共存的。

他們和非穆斯林的俄羅斯人數百年來和平共處。他們珍惜每一個生命，兵團內部多的是入了另冊，過著不是人的日子的人們，筆者也是其中的一個。我們這些受迫害

者永遠可以在困頓、絕望、饑餓中及時地得到來自維吾爾人的救援。

人間的同情無國界也無種族。維吾爾人也好，哈薩克，吉爾吉斯人也好。多少年來，各種政府的版圖從來沒有限制過他們，崑崙，戈壁更不曾阻擋他們的腳步。有人說他們從境外「走私」獲得武器的奧援。當人們為信仰自由，為保存自己的文字、文化而遭到坦克、機槍、大炮的鎮壓時，他們只能手持自造的匕首防身嗎?!

新疆的問題是人權問題。不僅當局必須給予當地民眾高度自治，放棄改造、同化、鎮壓、劫掠的一貫作法；而且，居住在新疆的每一個漢人都必須學習尊重、瞭解，關懷異己民族。

否則，新疆永無寧日。

國殤

國殤日的華盛頓飄著冷雨，按節令，應該是初夏了，感覺上，卻是殘冬未盡。人們又翻出厚衣裳，披掛起來，奔向市中心。越戰紀念碑、韓戰紀念公園、美國大屠殺紀念館(The United States Holocaust Memorial Museum)的周圍聚集著許多許多人，人們擎著傘，拿著花，去看望已知和未知的人，被暴虐奪去的生命以及為反對暴虐而犧牲的生命。

冷雨中，我走進了美國大屠殺紀念館。這個博物館的建立曾經引起過爭議。二次世界大戰期間，納粹法西斯屠殺了數百萬猶太人。戰後，猶太民族和世界上同情、支持他們的人一道展開了永無休止的追討血債的工作。他們從世界各地把當年的劊子手送上法庭，送上絞架。他們在屠殺現場，如奧斯威辛集中營，建立博物館。他們蒐集人證、物證以為歷史作證，每個經過那個時代的人的經歷都成為蒐集的對象。這個工

作在大屠殺結束半個世紀之後仍在進行中。然而，有沒有必要在遠離歐洲的美國首都華盛頓建立一個博物館呢？

這個討論在七〇年代末由美國國會的議決作為博物館建立的起點。以人權精神立國的美國政府和老百姓決定在自己的首都建立這個以紀念和教育為目的的博物館。籌建、設計、施工過程長達十餘年。一九九三年，這個紀念館正式啟用，接待著來自世界各地數以百萬計的訪客。

除了外牆的紅磚以外，四層樓的展廳是以鐵灰色為主的。人們走在其中，每個空間都提醒人們，世上有過的集中營、監獄、鐵窗、刑具、解屍檯。當然還有煤氣室和焚化爐。

我和表情凝重的訪客們走在一起，一路行來，覺得很熟悉。

希特勒和他的瘋狂的納粹黨人以及瘋狂的群眾場面，和一九六六年毛澤東接見百萬紅衛兵的場景何其相似。博物館中瘋狂人群和他們的後代今天正在反對極權、反對以「民族主義」為旗幟的任何征服行為。當年文革健將和他們的後代今天卻可以再次舉起「民族大義」的旗幟，甚至張牙舞爪，文攻武嚇，企圖阻止治外的二千三百萬人民作出奔向民主、自由、均富的政治抉擇。

展覽中，鐵證如山地展示著人們怎樣被甄別；他們的頭髮、臉型、皮膚特徵表示他們是猶太人，是吉普賽人，是應當「被消滅」的。猶太人的衣服上被縫上一塊黃色的布，用黑線縫一個六角形，在商店裡，街道上，各處有標識，「不許猶太人進入」或者「猶太人專用」。

我們沒有縫上一塊布的必要，但是在新疆，我們只准穿灰、黑、藍；和身穿草綠色的「紅五類」截然分開。我站在一張公園長椅旁，上面有黑字"FOR JEWS ONLY"。我在想，當年的勞改犯和「牛鬼蛇神」、「黑九類」，他們只能跪和站，似乎並沒有一張長凳為他們而設。

猶太人被驅趕到「居留地」，他們的家被抄、被封，書被燒，他們的貴重物品必須上繳。這一切我們都經歷過，「五七幹校」、「上山下鄉」都是同樣類型的被驅趕、被洗劫。

猶太人被趕進集中營，於是他們在其中被折磨、凍死、餓死、病死，當然還有煤氣室，這種把一千人關進去，集體屠殺的手段。

大陸沒有煤氣室，有無數的勞改隊、勞改工場和農場，人們在那裡也同樣被折磨死、病死、凍死和餓死。當然還有天災和人禍，六〇年代初的大饑餓，死亡數字以千

萬計。只是沒有焚化爐，草草一埋，化作泥土。

你們有過的，我們也有過。你們不再有的對心靈的禁錮，我們仍然有。你們已經擁有的，這種紀念和教育，我們卻沒有。

我站在緬懷大廳，低頭面對長明的紀念之火，心裡沉重不已。

有人說，猶太人只記得自己的過去，是不是另一種形式的民族主義呢？在紀念館裡，我們不僅看到受害的猶太人也看到「大屠殺」時期被害的吉普賽人、波蘭人等等。

我們也看到各種抵抗運動，看到公開和隱密的救援行動，我們看到辛德勒(Oskar Schinder)和他的著名的二千多人的名單。我們看到抵抗運動的女戰士被吊死，我們看到地下救援組織的領導人，一位普通的教師，在受盡酷刑之時沒有交出他的組織，而使救援工作順利進行，他的死換取了數千猶太成人與兒童得以逃生。

當然，我們也看到了盟軍在歐洲戰場的勝利，看到了奄奄一息的人們見到解放者時湧出的喜淚……

行走在這個紀念館裡，沒有法子不想到苦難深重的中國人。

沒有，沒有一個紀念館為南京大屠殺而設，沒有人詳細研究從一九四六到一九四

九年，為保衛政權而付出的生命紀錄，沒有人為中國大陸近四十年來非正常死亡的數千萬百姓舉行任何的紀念和教育活動。當然，也沒人真正清楚一九八九年六月四日前後，北京死了多少人？

面對三○年代、四○年代歐洲人民奔向新大陸的大逃亡，大遷徙和移民潮。我忍不住想著面對九七的香港百姓，想著一批批奔向怒濤的冒險者……

雨霧迷濛，心情沉重。歸途上，我去了韓戰紀念公園。

這個年輕而「遲來」的紀念公園，和越戰紀念碑是近鄰。

關於這個紀念公園的建立沒有過任何爭議。長年的討論是設計方面的，大家期望更生動、更精確、更感人地再現史實。畢竟，美國為此一役獻出了五萬四千二百四十六位青年男女；直到現在，仍有八千一百七十七人下落不明。聯合國軍死亡將士則有六十二萬八千八百卌三名；失蹤人數達到四十七萬二百六十七名。

這一切，雕刻在大理石上，提醒活著的人們：自由無價"FREEDOM IS NOT FREE"。

紀念公園的中心是真人大小的青銅雕塑：軍人們行進在陌生的國度，為保衛不識的人們而隨時準備獻上自己的熱血與生命。

冷雨淅淅瀝瀝，公園裡，雕像腳下，國旗和鮮花鮮艷奪目，人群肅穆地前來，靜靜地離去，蒼涼和悲壯沉沉地滯留。

我站在雨中，忘記了撐傘，雨水在臉上流淌；我對面，青銅塑成的青年，雨水從他的鋼盔上流下來，他腳下已是一片泥濘。

不以暫時的成敗論英雄，該是歷史給人類的深刻教訓吧。

生命的存在不是為了受難，人類在作出無數犧牲之後有沒有得到一點智慧呢？

在雨中，在國殤日。

貼紙及其他

香港啟德機場是個很奇怪的地方。過境旅客需要接受A、B、C三個不同的轉機導引的指示，找到自己搭乘的航空公司，辦理登機手續。離過境乘客最近的是C區，裡面是一堆大陸航空公司，它們似乎屬於同一個叫做「中國國際」的航空公司統領。

由臺灣來的客人們就要在這C區辦理手續，通過安全檢查，然後踏上那或是懷念已久或是仍有幾分好奇的，說來是自己的，但又相當陌生的土地。

依然是非常熟悉的一種雜亂無章，我默默地走在那左擁右擠，並不像個隊伍的「隊」裡，一寸寸地移向櫃檯。

隨著登機證，還接到一張圓圓的貼紙。多年來，在世界上飛來飛去，乘坐過無數航空公司的飛機，從未見過旅客身上有貼紙。

貼紙，有一種被辨識的功用，在旅途中，常用來貼在行李上，旅行社和航空公司

為了確保旅客的行李不致遺失，常常提供貼紙，請旅客取用、填寫，自行貼在自己喜歡的位置。

我拿著那圓圓一張，上面印著一隻大紅鳳凰，用粗筆寫出航班號碼的貼紙，茫然四顧。

啟德機場內，只有搭乘「中國國際」，即將飛往大陸的旅客，身上有那或紅或藍，寫著號碼的貼紙。人，也需要用貼紙來辨識嗎？

一位金髮碧眼的小男孩在他身揹的小背包上貼滿了火紅的鳳凰，他身邊走著的成人們，一派悠閒，沒有人把貼紙粘在身上。我看著這快樂的一群，忍不住讚美西方人的幽默。

亦步亦趨的，走近了安全檢查的通道，看到了對岸的安全人員。

擋在前面的是一位女工作人員，廿幾歲年紀，面目姣好的臉上佈滿了不耐煩。

「把衣裳脫掉！」一聲斷喝。

我馬上把四處遊走的目光收回來，看個仔細。

那女工作人員吆喝的對象是一位老人家，老人想必是初次踏上對岸控制的地盤，茫茫然看著面前的「小女生」，完全不知如何應對。

「快點，快點！後邊兒人都等著呢！」那女工作人員把聲音拔高。

「我這一把年紀了，妳要我當眾脫衣?!」老人家抖顫著嘴唇，好半天才吐出一個完整的句子。

「誰讓你都脫了?!瞧你這外衣兜兒裡稀里花拉的，叮噹亂響，過安全門兒，準亮紅燈，讓你先脫下來，還不是為你好?!真是的！」

那「小女生」嘴裡像炒豆子，劈哩叭啦的一大堆，聲音又尖又細，老人家依然一臉茫然，只是摸索著解開了外衣扣子。

一忍再忍，實在忍不住，我開口對老人家說：「先生，您不必脫外衣，只要把口袋裡的鑰匙、硬幣之類的小東西拿出來，放在這個小籃子裡，就可以通過了。」

「小女生」看到我在幫老人，臉上表情豐富。我想到每天進入這個大門，四十餘年未曾回過故鄉的老人家不知有多少，決心給那「小女生」一點教訓。

我向身後的隊伍掃了一眼，向那女工作人員說：「排在隊裡的老人家，論年齡，都可以作妳的祖父。尊重他們，耐心一點，細緻一點，同一句話，換個方式去說，效果不是好得多嗎?」

那「小女生」沒回答我，可是我聽見她對我身後的人說：「鑰匙什麼的，先拿出來……」聲音也沒有拔得又細又尖。

當我把小籃子遞給先前那位老人，提醒他帶好自己的東西的時候，老人笑著問我：

「妳從什麼地方來？」

「高雄。」我回答他。

「噢！」老人長出一口氣，很放心的樣子：「我耳朵不好，重聽。謝謝妳啦！」

我知道，過了安全門，登機途中他仍然會有不少麻煩。我告訴他，我會陪他上機，找到座位，替他扣好安全帶再離開。

老人笑說：「快五十年了，才走這樣一趟，真不易的。」忽然又想到什麼，問我：「這東西，要不要緊，不是通行證吧？」他攤開的手心裡，粘著那圓圓的貼紙，紅通通的一坨，用筆寫的航班號早被汗水濡濕，成了模糊的一片，完全失去了「辨識」的功能。看著老人飽受驚嚇的臉，心中不忍。我小心地替他揭去那貼紙，丟在垃圾桶裡，輕聲慢語對他說：

「您把所有的東西都收好，只拿著一張登機證，就可以上飛機了。」

老人笑著點頭，頓時輕鬆了下來。

戲碼

八〇年代，對於在中國大陸工作的外國人來說，香港是個溫馨的所在。我們在北京，看夠了各類服務人員的晚娘面孔就會急著利用節日和假日跑一趟香港，補充日常所需之外，享受香港美食，在街頭和人們隨意聊聊，過幾天輕鬆自在的好日子。

九〇年代，我們的工作地點換到了高雄，精神與物質層面的需求都得到滿足，再去香港原因只剩了一個，就是關切。

香港的變化是可以感覺得到的。商家由盼望客人再來的殷切轉為不知明天自己是否仍在此地做生意的困惑，是我們過客最容易捕捉的城市脈動之一。惶急不安的多是走又走不脫，對北大人那一套又不陌生的人群，不幸的是，這人群數量相當大。

矛盾與衝突一直未見表面化，直到一九九五年十一月一日，那天是我又一次在香港流連數日後自啟德機場出關飛回美東的日子。

行。

海關大廳和平時沒有什麼兩樣，人們帶著隨身小件行李，沿著隊列，徐徐移動前

忽然之間，排在我前面的人群急步走散，吵嚷和喧囂一下子爆炸開來，兩位旅客一手揮舞著中華人民共和國護照，一手緊抓著旅行袋，正在高聲叫嚷。

紛亂中，北方口音的高亢分外嘹亮：

「……中國護照怎麼了？抽了你哪根筋了？你這麼氣不忿？」

「……今天就是不能讓你翻！實話告訴你，再有廿個月，就容不得你們狐假虎威！你們這幫帝國主義的狗腿子！」

「……等著，有種你們別跑，瞧我們怎麼收拾你們……」

海關人員氣定神閒看那兩個旅客又跳又叫，終於被海關安全人員連同他們的護照和旅行袋一起被送進了大廳一側的海關辦公室。大廳恢復了平靜。

這場戲只會在香港這樣一個特定的舞臺上演。

良好的法治傳統、對國際社會維護安全、打擊犯罪共同意願的瞭解和參與是香港海關人員的共識。通關的旅客一般都會和海關合作，因為大家都明白，盡職的海關維護的正是旅客們自身的安全。

然而，遠在北京天安門廣場的巨大計時牌上正在告訴大陸人還有多少月，多少天，多少小時、分鐘、秒鐘。香港這隻會下金蛋的鵝就將從英國帝國主義治下回到社會主義祖國的「懷抱」了！多少年來，在大陸相當數量的人群（包括那兩個旅客）的心目中，香港人吃香的喝辣的，賺夠了錢，享夠了福。這會兒，終於收回了，不該分點兒好處給大家嗎？

在啟德機場演出的這一場戲當中，兩位旅客又跳又叫的，表現出意識表層最直接的反應，將北大人的基本態度明確而形象化地說了出來。潛意識裡，他們會覺得香港海關人員真正是「不知好歹」！再有廿個月，主子就要換了，這會兒居然不懂得睜一隻眼、閉一隻眼，給將來的新主子留個好印象，反而忠心耿耿，為老主子「站最後一班崗」，不是該殺嚒？

在海關人員交還我的護照，親切地囑我「旅途愉快」的時候，看著他們盡職守責的態度，我卻在想，廿個月轉瞬即逝。北風凜冽，大家眼睜睜地看著香港由一個國際都市變成中國的一個城市，此類戲碼不是會成為日日上演的活劇且變本加厲嗎？

那一晚，我們講故事

——華府夜談

七月下旬，華盛頓雖是盛暑卻並不太熱，我和外子回國述職、度假，在華府作短暫停留，並在一個晚上，去老朋友鄭義、北明夫婦家作客。

那一晚，張郎郎也在，郎郎一口北京話，一點兒不油，顯出老北京的文化底子，和他聊天，三言兩語就非常之默契。

北明在市區上班。下班的時候，順便把剛剛在國會作證的魏京生從國會山莊接到馬里蘭的家中，好讓他「吃一頓熱飯」。

魏京生上得樓來，跟大家先打了招呼，就把鞋子、襪子脫掉，兩腳踩在鄭家的地毯上，臉上露出非常滿意的神情。

「他還帶著氧氣瓶呢！明天還得去，氧氣瓶就留那兒了。今兒晚上不要緊的吧？」北明一路耽著心，趕快問魏京生。

「不要緊的，我已經廿幾個小時沒睡覺了，好好睡一覺就成。」京生輕言慢語。

我細細打量他，在文章中，在會議上，我們又喊又叫，巴望他早日獲得自由。這會兒，他活生生地站在大夥兒面前了。他笑著，臉上、手上的浮腫很明顯。

「你到底怎麼樣啊？」我有點心焦，忍不住想知道實情。

「瞧著還行，裡頭都亂七八糟了。」他深深看我一眼，「我看過妳兩本書，知道妳。」跟著就說，「妳叫了這麼些年，還得叫下去，那塊鐵板還沒鬆呢！」

郎郎瞧瞧他，又瞧瞧我，「《風景》不錯，可那本《生命之歌》就大不相同了。咱們看那本書，感覺強烈。」

京生只笑，不再言語。我真實地感覺此時此刻，我是完全在自己人中間了。

這一天，鄭義掌廚，菜作得棒極了。京生看見豆腐有兩碗，一碗離他近。鄭義說：「這碗不辣。」京生說：「這碗好。」就用小勺舀到碗裡，慢慢吃。

他在獄中絕食數次，腸胃早已餓壞，鄭義的細心在我們眼裡是一種正常，在外子看來，那種體貼非比尋常，他深深感動了。他最關心京生的生活，就提出了問題。

京生說，加大柏克萊分校給他一份工作，也有一份不錯的月薪。

「給了薪水，他們就全不管啦！甚麼甚麼都不管啦！你得自個兒去買菜。推個小

車，在超級市場買菜！回到家，自己煮一碗麵，放進去點兒有營養的東西，一個雞子兒，幾片菠菜，那個香！」京生眉開眼笑。

我們一個個都不再說話，讓京生傾吐他的快樂，一個自由人最基本的快樂。「全不管啦！」是京生繫獄十多年最深邃的夢想。

再無嚴密監視、再無逼迫、再無淩虐。

「說說，把你的事兒說說。」鄭義給郎郎提了個頭兒。郎郎因為反江青，被關過十年死囚牢。在我們這群人裡，他失去自由的狀況是相當慘烈的。由他先講故事，好給京生慢慢吃飯的機會。

郎郎是絕妙的說故事人，馬上開講：「有一陣子，挺亂，囚室裡人多，甚麼樣兒的人都有。就一個窗戶，還挺高，輕易甚麼也看不見。有年青力壯的，疊了羅漢，往外頭瞧瞧，一小塊空地。有一天，騎著室友肩膀，抓住窗口鐵欄桿的那位樂得聲兒都發顫：『一個鬼子！』大家輪流上去看，可不，一個大個兒，一個老外！」

「有好事的，問誰會打旗語？真有會的，大家七手八腳把他扛上去，讓他空出兩手來比劃。比劃好久，對方有了反應，反應過來的，又是英文字母。室友有懂英文的，再寫下來，再翻成中文。好幾天，我們才鬧清楚，那是個美軍，在越南被俘，被關押

在這兒已經一百多天。他根本不知道，這兒是中國北方而不是越南。」

「發現了他，大家都興致極高。雖然溝通這麼不容易，可這事兒太有意思啦！」郎郎轉向我們：「不知有沒有法子知道這位朋友的近況，我還真惦記他。」只要他還活在人間，總有法子可想，退伍軍人協會就是可以聯絡的對象。

「後來呢？」北明想知道獄中的下文。

「後來還是被發現了，室友全部被分散關押，我也離開了那間囚室。」郎郎三言兩語收了梢。

北明一臉失望。我們都沉默不語。「後來」是不會有甚麼好果子吃的。

「那打旗語的，翻英文的都慘了。」京生轉頭問我：「妳怎麼回來的？把那一段說說。小說不算，要真情實況。」

其實，在我的小說裡，那一段卻是真實報導，只把相關的人隱去了姓名而已。

「後來，那所有幫過妳的人，廠子的書記啦，外事辦的工作人員啦，糊裡糊塗把身份證件還妳的公安啦，他們都得倒大楣，妳這麼順順溜溜地返回新大陸，那邊兒失職的人可太多了，個個兒得嚴辦。妳可把他們害慘嘍！」京生如是說。「後來，他們就學乖了，設備也大大更新了。妳那會兒，他們還騎自行車；沒逮著妳，現在改汽車了，

一逮一個準兒。汽車不夠份量，還有坦克之類的。」

「瞧，故事又接上了。」北明雖然坐過大牢，可她畢竟是小妹妹，時不時的，仍會流露出小女孩的一片天真。其實，話題一旦拉近，鄭義、北明兩位九年來的吶喊、流亡、寫作，持續不斷為大陸民主化呼號、奔走，其中多少故事，到了今天仍然不能寫，也不能說。

我們瞧著北明，瞧著她和鄭義的美麗小女兒，心頭無比沉重。

鄭義的情感是火熱的，一點就著。這位重量級的小說家常常顯示出詩人的率真和激情。這會兒，他又憤怒了，為文壇上的「變節」行為而痛心。「文人無骨」的一些例證，使大家都傷心。「這些人不是糊塗，而是為了那麼一丁點小利而否定了自己堅持半生的理念。」

遠隔千山萬水，我們心心相印的還是那一大塊錯綜複雜的土地。

我牢記著京生已經廿多個小時沒睡覺了，堅決告辭。說心裡話，我太想多坐一會兒，多聊一會兒了。

「悠著點兒，還有不近的路呢！」我跟京生說。

「是得悠著點兒，咱們都悠著點兒。」他還是笑瞇瞇的。

「妳還得漂到甚麼時候兒才算一站？」鄭義問我。他和我一樣痛恨漂流。

「快到站了，明年夏天就搬回來，和你們作鄰居。」

車子開出去，回頭看，鄭家窗戶上閃著溫暖的光。今夜，京生在自己人中間，沒有強光刺眼，沒有人製造巨響來驚擾他，也沒有饑餓啃嚙他的腸胃。他可以好好睡一覺，養足精神迎接第二天繁忙的日程。

夏夜，一片清明。那一晚，我們講了一些故事。

依然微弱的聲音

自從十月十二日凌晨，我被各種語類的電話轟至半聾，到了今天，華裔作家高行健在世紀交替時分已經從瑞典國王手中領取了諾貝爾文學獎，也已經發表了四十五分鐘的演說。雖然餘波盪漾，但在這兩個月的時間裡，將各種議論和反應沉澱下來，多少可以看清一些事情。

西語讀者和批評家的反應比較單純。基本態度有二：首先是鬆了一口氣。中文是重要的語種。世界上四分之一人口使用中文。中國的事情複雜、弔詭，中國曾經鐵幕重重，一旦開門竟是滿地血腥。半個世紀以來，中國呈分裂狀態，另外一個自由中國竟安然步上民主之路。這是歷史的真實。兩岸三地政治情勢、社會制度、人文精神均不同。文學的可能性多麼豐富！然而，一頂文學桂冠卻要等上一百年才輪到一位中文作家。無論如何，總算等到了，一塊石頭落了地。額手慶幸可說是許多對中文文學有

興趣的西方人的第一反應。接下來是中文本和譯本問題。在那塊巨大的陸地上，幾乎找不到高行健的書。他的小說全數在臺灣聯合報系出版。戲劇在西方和臺灣上演，有關的評論也在臺灣出版。像透了波蘭的米華殊(Czeslaw Miloez, 1911－)，一位流亡的詩人、小說家、評論家和翻譯家。一九八〇年獲諾貝爾文學獎時，他的作品只能在波蘭「地下」流傳。十四年後終於重返波蘭，接受民選政府頒贈的白鷹大綬勛。西方人樂觀地想，也許高行健不必等上十四年就可以回家了。至少絕對不必等上十四年，他的作品在中國大陸就會家喻戶曉了。至於目前，能讀中文的，找原文本來看，不能讀中文的，就期待在第一時間找到最好的譯本。一些漢學家本來心中是有個名次的，高行健或是排在後面或是榜上無名。這個時候，身為漢學權威自然不能掛出一問三不知的免戰牌，埋頭補課。雖然心中百感交集，但仍在認真補課。

所以，西語人士的問題相當集中，書在哪裡？找來看是當務之急。

講華語的鮮少有人忙著補課讀書，只有幾位新聞工作者痛苦地表示，一天到晚追逐新聞，沒有靜心讀書是巨大的缺憾。所以，到處聽到各種議論聲，口沫橫飛的人被問到一句：「你看過他的書嗎？」多半只有噤聲的份兒。從來沒有親近過文學的人，這種時候的發言多半是色厲內荏，沒有什麼斤兩的。

自然也有人用中文大聲說：「文學藝術有什麼用啊?!跟我們的生活距離太遠了，談點兒什麼不好?大好的時間討論這沒有用的東西！」

這話自然是擲地有聲。高行健多年來自言自語，明知自己的聲音微弱而孤單，竟是一條道兒走到黑，被人家逼迫得受不了了，選擇的竟是另一條荊棘叢生的路，走得家徒四壁，走得上頓兒不接下頓兒，仍然樂在其中。因為靈魂是自由的，思想是自由的，繪畫、寫作也都是自由的。

那些個「沒有用的東西」卻是高行健的至愛。是一位藝術家存活於世的全部意義，雖然那一切離芸芸眾生每天的日子相當的遙遠。

很多人糾纏於諾貝爾獎落在高行健頭頂上的原因是政治的還是文學的甚至是商業的?甚至有人糾纏不清地要弄明白百分之多少是政治因素，百分之多少是文學因素，推荐人在這中間又得了什麼好處?

其實這些提問的人完全弄錯了。這裡不是奧林匹克運動會。如果有一架天平，將諾貝爾文學獎的桂冠和獎金放在一端，將一位文學家的自由精神和他為之獻身的作品放在另一端。那天平多半的時候是會完全傾斜的。文學家落了地，文學獎跳到了半空中。

這也是一種真實。世間沒有什麼比這樣一幅圖景更加壯麗了。一個微弱的，脆弱的，敏感的，極容易受傷的文學人不知名利為何物，一心一意用文字表述真實；高壓、禁書、禁演、抄家、妻離子散都不在話下，或逃亡至自由之地，繼續在孤寂中自言自語，或逃亡至地下，冒著千般危險，繼續嘶聲吶喊。

高行健所創造的只是這些圖景之中的一幅。他和他的同路人們各自為戰。他被一個外國的團體發現了，經過長久的注視，他們選中了他，僅此而已。

高行健只有六十歲，如果他的健康沒有在早年的折騰當中毀得一團糟，他還有好長的路可以走。他仍然「以畫養文學」，創作一些「沒有用的東西」。諾貝爾獎只能幫他在巴黎換個大一點兒的畫室，讓他少吃一點「方便麵」而已。獲獎之後的他壓力會更大。超越自己，寫出更上乘的作品恐怕是每位獲獎者的宏願。

而所有的，多年來和高行健一樣在各種不同的困境中堅持文學創作的華文作家們必須要接受的一個現實就是：世事並不會因高行健得獎而逆轉。

箝制文學的除了政治壓迫之外，自然還有經濟壓迫、市場誘惑、低級趣味的泛濫甚至科技銳不可當的勢頭等等。這一切依然存在，文學也依然是個不能充饑不能禦寒的「沒有用的東西」。華文作家們也依然在沒人翻譯、少人介紹的苦況中繼續踽踽獨行。

然而，那依然微弱的聲音卻有著綿長恆久的生命力。當政治成了笑話，經濟不再一路長紅，而科技又把人類生存形態糟蹋得不成樣子的時候，文學卻在黑暗中閃亮。恐怕荷馬和莎士比亞活著的時候都沒有想到有朝一日，其他語種的譯本成了很多很多人捧讀的對象，他們當年的一聲嘆息，半句吟哦，今天都成了顯學。曹雪芹自然也想不到，他那部《石頭記》今天早就有了各種洋文的譯本，皮面、精裝，神氣得不得了。世間哪位漢學家敢說沒讀過《紅樓夢》，不知曹雪芹何許人也呢?!

然而，那些「有用的東西」隨著歲月消失，一點點地退出了人們的視野，在歷史書中留下一個詞，半個句子已然是它們最好的命運了。比方說「改革開放」啊，「一國兩制」啊，「本土化」啊，它們能有多少日子好過呢?

念及此，也就覺得雖然聲音微弱總比一片死寂強得太多。

跋——凡事盡心

千禧年十二月十四日，華府上空冷空氣凝結成冰。氣象照片顯示，在極厚的冰殼外緣，蒼白的太陽長時間與堅冰對峙。陽光真正是蒼白的，肉眼與其對視，毫不刺目。

那是宇宙間最壯麗的鏖戰之一。太陽神竭盡全力，一吋吋熔化著堅冰，祂的目的和方向都直接而明確，並沒有半分猶疑。我目不轉睛地盯視著這場苦戰，心中苦澀不堪。太陽神為克盡職守尚須如此，海外中文寫作人在困境中繼續撐持著，似乎也無可抱怨。

熱情與生俱來，將熱情用於對人的關愛，用於只見稿紙一本本用去，生命在書寫中燃燒能照亮多大一塊天地根本不敢奢望的苦境，似乎成為生活中最重要的內容。

凡事盡心，用心體味人間冷暖，化成文字，卻期待將無望與沮喪深深埋藏，隨著每一個日出迎接再一個風和日麗的日子。吞進苦澀，傾出歡欣，傾出繼續前行的每一

個理由成為一種寫作的常態。

感謝臺北、高雄、香港編輯臺友人們的鼓勵與支持，感謝世界各地文友們的理解和相濡以沫。

感謝三民書局劉振強先生繼續幫助文學生出翅膀，飛向人間。

千禧年聖誕

跋

作者在科林斯太陽神殿

三民叢刊書目

①邁向已開發國家　孫震著
②經濟發展啟示錄　于宗先著
③中國文學講話　王更生著
④紅樓夢新解　潘重規著
⑤紅樓夢新辨　潘重規著
⑥自由與權威　周陽山著
⑦勇往直前
　·傳播經營札記　石永貴著
⑧細微的一炷香　劉紹銘著
⑨文與情　琦君著
⑩在我們的時代　周志文著
⑪中央社的故事（上）
　·民國二十一年至六十一年　周培敬著
⑫中央社的故事（下）
　·民國二十一年至六十一年　周培敬著
⑬梭羅與中國　陳長房著
⑭時代邊緣之聲　龔鵬程著
⑮紅學六十年　潘重規著
⑯解咒與立法　勞思光著
⑰對不起，借過一下　水晶著
⑱解體分裂的年代　楊渡著
⑲德國在那裏？（政治、經濟）
　·聯邦德國四十年　郭恆鈺、許琳菲等著
⑳德國在那裏？（文化、統一）
　·聯邦德國四十年　郭恆鈺、許琳菲等著
㉑浮生九四
　·雪林回憶錄　蘇雪林著
㉒海天集　莊信正著
㉓日本式心靈
　·文化與社會散論　李永熾著
㉔臺灣文學風貌　李瑞騰著
㉕干儛集　黃翰荻著

㉖作家與作品　謝冰瑩著
㉗冰瑩書信　謝冰瑩著
㉘冰瑩遊記　謝冰瑩著
㉙冰瑩憶往　謝冰瑩著
㉚冰瑩懷舊　謝冰瑩著
㉛與世界文壇對話　鄭樹森著
㉜捉狂下的興嘆　南方朔著
㉝猶記風吹水上鱗　余英時著
　·錢穆與現代中國學術
㉞形象與言語　李明明著
　·西方現代藝術評論文集
㉟紅學論集　潘重規著
㊱憂鬱與狂熱　孫瑋芒著
㊲黃昏過客　沙　究著
㊳帶詩蹺課去　徐望雲著
㊴走出銅像國　龔鵬程著
㊵伴我半世紀的那把琴　鄧昌國著
㊶深層思考與思考深層　劉必榮著
　·轉型期國際政治的觀察
㊷瞬　間　周志文著

㊸兩岸迷宮遊戲　楊　渡著
㊹德國問題與歐洲秩序　彭滂沱著
㊺文學關懷　李瑞騰著
㊻未能忘情　劉紹銘著
㊼發展路上艱難多　孫　震著
㊽胡適叢論　周質平著
㊾水與水神　王孝廉著
　·中國的民俗與人文
㊿由英雄的人到人的泯滅　金恆杰著
　·法國當代文學論集
51重商主義的窘境　賴建誠著
52中國文化與現代變遷　余英時著
53橡溪雜拾　思　果著
54統一後的德國　郭恆鈺主編
55愛廬談文學　黃永武著
56南十字星座　呂大明著
57重叠的足跡　韓　秀著
58書鄉長短調　黃碧端著
59愛情·仇恨·政治　朱立民著
　·漢姆雷特專論及其他

⑥⓪蝴蝶球傳奇　顏匯增著
・真實與虛構
⑥①文化啓示錄　南方朔著
⑥②日本這個國家　章　陸著
⑥③在沉寂與鼎沸之間　黃碧端著
⑥④民主與兩岸動向　余英時著
⑥⑤靈魂的按摩　劉紹銘著
⑥⑥迎向眾聲　向　陽著
・八〇年代臺灣文化情境觀察
⑥⑦蛻變中的臺灣經濟　于宗先著
⑥⑧從現代到當代　鄭樹森著
⑥⑨嚴肅的遊戲　楊錦郁著
・當代文藝訪談錄
⑦⓪甜鹹酸梅　向　明著
⑦①楓　香　黃國彬著
⑦②日本深層　齊　濤著
⑦③美麗的負荷　封德屏著
⑦④現代文明的隱者　周陽山著
⑦⑤煙火與噴泉　白　靈著
⑦⑥七十浮跡　項退結著
・生活體驗與思考
⑦⑦永恆的彩虹　小　民著
⑦⑧情繫一環　梁錫華著
⑦⑨遠山一抹　思　果著
⑧⓪尋找希望的星空　呂大明著
⑧①領養一株雲杉　黃文範著
⑧②浮世情懷　劉安諾著
⑧③天涯長青　趙淑俠著
⑧④文學札記　黃國彬著
⑧⑤訪草（第一卷）　陳冠學著
⑧⑥藍色的斷想　陳冠學著
・孤獨者隨想錄
A・B・C全卷
⑧⑦追不回的永恆　彭　歌著
⑧⑧紫水晶戒指　小　民著
⑧⑨心路的嬉逐　劉延湘著
⑨⓪情書外一章　韓　秀著
⑨①情到深處　簡　宛著
⑨②父女對話　陳冠學著

93 陳冲前傳　嚴歌苓著
94 面壁笑人類　祖　慰著
95 不老的詩心　夏鐵肩著
96 雲霧之國　合山　究著
97 北京城不是一天造成的　喜　樂著
98 兩城憶往　楊孔鑫著
99 詩情與俠骨　莊　因著
100 文化脈動　張　錯著
101 桑樹下　繆天華著
102 牛頓來訪　石家興著
103 深情回眸　鮑曉暉著
104 新詩補給站　渡　也著
105 鳳凰遊　李元洛著
106 文學人語　高大鵬著
107 養狗政治學　鄭赤琰著
108 烟　塵　姜　穆著
109 河　宴　鍾怡雯著
110 滬上春秋　章念馳著
111 愛廬談心事　黃永武著
112 吹不散的人影　高大鵬著
113 草鞋權貴　嚴歌苓著
114 是我們改變了世界　張　放著
115 夢裡有隻小小船　夏小舟著
116 狂歡與破碎　林幸謙著
117 哲學思考漫步　劉述先著
118 說　涼　水　晶著
119 紅樓鐘聲　王熙元著
120 寒冬聽天方夜譚　保　真著
121 儒林新誌　周質平著
122 流水無歸程　白　樺著
123 偷窺天國　劉紹銘著
124 倒淌河　嚴歌苓著
125 尋覓畫家步履　陳其茂著
126 古典與現實之間　杜正勝著
127 釣魚臺畔過客　彭　歌著
128 古典到現代　張　健著
129 帶鞍的鹿　虹　影著
130 人文之旅　葉海煙著

⑬1 生肖與童年　小民著　喜樂圖
⑬2 京都一年　林文月著
⑬3 山水與古典　林文月著
⑬4 冬天黃昏的風笛　呂大明著
⑬5 心靈的花朵　戚宜君著
⑬6 親　戚　韓　秀著
⑬7 清詞選講　葉嘉瑩著
⑬8 迦陵談詞　葉嘉瑩著
⑬9 神　樹　鄭　義著
⑭0 琦君說童年　琦　君著
⑭1 域外知音　張堂錡著
⑭2 遠方的戰爭　鄭寶娟著
⑭3 留著記憶・留著光　陳其茂著
⑭4 滾滾遼河　紀　剛著
⑭5 王禎和的小說世界　高全之著
⑭6 永恆與現在　劉述先著
⑭7 東方・西方　夏小舟著
⑭8 嗚咽海　程明琤著
⑭9 沙發椅的聯想　梅　新著
⑮0 資訊爆炸的落塵　徐佳士著
⑮1 沙漠裡的狼　白　樺著
⑮2 風信子女郎　虹　影著
⑮3 塵沙掠影　馬　遜著
⑮4 飄泊的雲　莊　因著
⑮5 和泉式部日記　林文月譯・圖
⑮6 愛的美麗與哀愁　夏小舟著
⑮7 黑　月　樊小玉著
⑮8 流香溪　季　仲著
⑮9 史記評賞　賴漢屏著
⑯0 文學靈魂的閱讀　張堂錡著
⑯1 抒情時代　鄭寶娟著
⑯2 九十九朵曇花　何修仁著
⑯3 說故事的人　彭　歌著
⑯4 日本原形　齊　濤著
⑯5 從張愛玲到林懷民　高全之著
⑯6 莎士比亞識字不多？　陳冠學著
⑯7 情思・情絲　龔　華著

168 說吧，房間　林　白著
169 自由鳥　鄭　義著
170 魚川讀詩　梅　新著
171 好詩共欣賞　葉嘉瑩著
172 永不磨滅的愛　楊秋生著
173 晴空星月　馬　遜著
174 風　景　韓　秀著
175 談歷史　話教學　張　元著
176 兩極紀實　位夢華著
177 遙遠的歌　夏小舟著
178 時間的通道　簡　宛著
179 燃燒的眼睛　簡　宛著
180 月兒彎彎照美洲　李靜平著
181 愛廬談諺詩　黃永武著
182 劉真傳　黃守誠著
183 天涯縱橫　位夢華著
184 新詩論　許世旭著
185 天　譴　張　放著
186 綠野仙蹤與中國　賴建誠著
187 標題飆題　馬西屏著
188 詩與情　黃永武著
189 鹿　夢　康正果著
190 蝴蝶涅槃　海　男著
191 半洋隨筆　林培瑞著
192 沈從文的文學世界　王繼志　陳　龍著
193 送一朵花給您　簡　宛著
194 波西米亞樓　嚴歌苓著
195 化妝時代　陳家橋著
196 寶島曼波　李靜平著
197 只要我和你　夏小舟著
198 銀色的玻璃人　海　男著
199 小歷史　林富士著
200 再回首　鄭寶娟著
201 舊時月色　張堂錡著
202 進化神話第一部
・駁達爾文《物種起源》　陳冠學著
203 大話小說　莊　因著

207
懸崖之約
海男 著

「男人與女人在此約會中的故事，貫穿著一個幸運的結局和另一個戲劇的結局」。一個患腦癌的四十歲女子，她要在去天堂之前去訪問記憶中銘心刻骨的每一個朋友，也許是密友、情人、前夫，她的生活因為有了昨日的記憶，將展開一段不同的旅程。

208
神交者說
虹影 著

人的情感總是同時交雜著出現，很難只用喜悅、悲傷、恐懼等單純詞語完整表達。而本書作者細緻地記述回憶或現實的片段，藉以呈現許多情況下（如養父過世，或只是邂逅陌生人等）人複雜多變的感覺，使讀者能自然地了解書中的情境與人物的感受。

209
海天漫筆
莊因 著

或「拍案叫好」或「心有戚戚」或「捫心自思」，作者以其多年旅居海外經驗，與自身文化激盪的心得，發為一篇篇散文，不但將中華文化精萃發揚，亦介紹西方生活的真善美。且看「海」的那片「天」空下，作者浪「漫」的妙「筆」！

210
情悟，天地寬
張純瑛 著

本書乃集結作者旅居美國多年來的文章，娓娓細述遊子之情。其文字洗鍊，生動感人，處處展現羈旅之心與赤子之情。作者雖從事電腦業，但文章風格清新雋永。值得你我風簷展讀，再三品味，從中探索「情」之真諦！

211

誰家有女初養成

嚴歌苓　著

「巧巧覺得出了黃桷坪的自己，很快會變一個人的。對於一個新的巧巧，窩在山溝裡的黃桷坪和窩在黃桷坪的一切人和事，都不在話下。」踏出黃桷坪的巧巧會有怎樣的改變呢？如願的坐上流水線抑或是……

212

紙銬

蕭馬　著

紙銬，這樣再簡單不過的刑具，卻可以鎖住人的雙手，甚至鎖住人心，牢牢的，讓人難以掙脫更不敢掙脫。隨便揀一張紙，挖兩個窟窿，然後自己把手伸進去，老老實實地伸直了手，哪敢輕易動彈，碰上風吹雨淋，弄斷了紙銬，一個個都急成了哭相……

213

八千里路雲和月

莊因　著

本書可分為兩大部分，雖然皆屬於記遊文字、同在大陸地區，時間，卻整整相隔了十八年。作者以其獨特的觀點、洗鍊的文筆，道出兩段旅程中的種種。從這些文章，我們可以看見一些故事，也可以看出一位經歷不凡的作家，擁有的不凡熱情。

214

拒絕與再造

沈奇　著

新詩已死？現代人已不讀詩？對於這些現象，作者本著長年關注現代詩的研究，對現代詩有其深刻的體認，無論是理論的闡述或是兩岸詩壇的現況，甚至是詩作的分析，都有其獨特的見解。在他的帶領下，你將對現代詩的風貌，有全新的認識與感受。

215
冰河的超越
葉維廉 著

詩人在新生的冰河灣初次與壯麗的冰河群相遇，面對這無言獨化、宇宙偉大的運作，面對「雪疊著雪雪疊著雪疊著永不溶解的雪／緩緩地積壓著／冰晶冰層冰箔相連覆蓋九萬餘里」的景象，喜悅、震撼、思涉千載而激盪出澎湃磅礴的——冰河的超越。

216
庚辰雕龍
簡宗梧 著

基於寫作興趣就讀中文系，卻因教學職責的召喚，不得不放緩文學創作的腳步。本書作為政大簡宗梧教授創作成果的集結，不僅可讓讀者粗識簡教授於教學及研究著績外的創作成果，也將是記誌簡教授今後創作「臺灣賦」系列作品的一個始點。

217
莊因詩畫
莊因 著

因心儀進而仿效豐子愷漫畫令人會心的幽默與趣味，作者基於同樣對世間生命萬物寬厚博大的關注與愛心，以他罕為人知的「第三枝筆」，畫出現今生活於你我四周真實人物的喜怒哀樂，並附以詩文，為傳統的中國詩畫注入了全新的生命。

218
換了頭抑或換了身體
張德寧 著

換了頭抑或換了身體？當器官移植技術發達到可以更換整個身軀時，我們要擔心的是生理上的排斥或心理上的抗拒？該為人類創造的奇蹟喝采還是為扭曲了人的靈魂而付出代價？藉作者精心的布局與對人深刻的觀察，我們將探觸心裡未曾到達的角落。

219
黥首之後
朱暉 著

政治上成分的因素，他曾前後被抄三次家，父母也先後被送入囹圄和下放勞改。他嚐盡世間的殘酷悲涼，看透人性的醜陋自私，但外在的折磨越狠越兇，內裡的親情就越密越濃。人性中最陰暗齷齪的一面與最光明燦爛的一面，都在這裡。

220
生命風景
張堂錡 著

每個人的故事，如同璀璨的風景，綻放動人的面貌。透過作者富含情感的筆觸，引領出成功背後的奮鬥歷程。文中所提事物，與我們成長經驗如此貼近，讓人油然而生「心有戚戚焉」之感。他們見證歷史，也予我們許多值得省思與仿效的地方。

221
在綠茵與鳥鳴之間
鄭寶娟 著

不論是走訪歐洲歷史遺跡有感，或抒發旅法思鄉情懷，抑或中西文化激盪的心得，作者以其一貫獨特的思考與審美觀，發為數十篇散文，澄清的文字、犀利的文筆中，流露著一種靈秘的詩情與浪漫的氣氛，讓讀者在綠茵與鳥鳴之間享受有深度的文化饗宴。

222
葉上花
董懿娜 著

讀董懿娜的文章，如同接受心靈的浸潤。生活的點滴，藉她纖細敏感的筆尖，便能在心中蕩起圈圈漣漪；娓娓的傾訴，叫人不禁沉入她的世界。在探求至情至性的同時，重新面對自己，循著她的思緒前進，彷彿也走出了現實的惱人，燃起對生命的熱情。

223
與自己共舞
簡宛 著

「與自己共舞，多麼美好歡暢的感覺！」長年旅居海外的簡宛，以平實真誠的筆調，與讀者分享「接納自己、肯定自我」的喜悅。書中收錄作者多年來與自己共舞的所思所感，包含對婚姻、家庭、自我成長的探討，值得讀者細細品味這分坦率至情的人生智慧。

224
夕陽中的笛音
程明琤 著

我們從本書中可領略程明琤對於生命的思索與感受，對於文化的關懷珍視，她更以廣闊的角度引領讀者去探索藝術家的風範和多彩的人文景致。讀她的文章不只是欣賞她行文遣字的氣蘊靈秀，真正觸動人心的是她對眾生萬相所付注的人文情懷。

225
零度疼痛
邱華棟 著

「我發現我已被物所包圍，周圍一個物的世界，它以嚇人的速度在變化更新，似乎我的生活已經事先被規定、被引導、被制約、被追趕。」作者以魔幻的筆法剖析現代人被生活擠壓變形的心靈。事實上，我們都是不同程度的電話人、時裝人、鐘錶人……。

226
歲月留金
鮑曉暉 著

以滿盈感恩的心，追憶大時代的離合悲歡，及中國這片土地的光輝與無奈；用平實卻動人的文字，記錄生活的精彩，和對生命的熱愛與執著。作者將歲月中的點滴與感動，譜成這數十篇的散文，讀來令人低徊不已，並激盪出對生命的無限省思。

227
如果這是美國
陸以正 著

面對每天新聞報導中沸沸揚揚的各種話題，您的感想是什麼？是事不關己的冷漠？還是無法判斷是非的茫然？不妨聽聽終身奉獻新聞與外交事務的陸以正大使，如何以其寬廣的國際觀點，告訴您「如果這是美國……」

228
請到我的世界來
段瑞冬 著

從七〇年代窮山惡水的貴州生活百態，到瑞典中西文化交流的感觸，最後在學成歸國的喜悅中，驚覺中國物質與思想上的巨大轉變，作者達觀的態度及詼諧的筆調，好像久違的摯友熱情地對我們招手：「請到我的世界來！」

229
6個女人的畫像
莫 非 著

6個女人，不同畫像。在為家庭守了大半輩子門框後，他們要出走找回失落的自己，藉著幻想，藉著閱讀，藉著繪畫等等不同方式，讓心靈有重新割斷再連結的機會。盼能以此書，提供女人一對話的空間。

230
也是感性
李靜平 著

「人世間的很多事，完全在於你從什麼角度來看。」本書作者以幽默的口吻帶您挖掘出生活中的樂趣。不管是親情的交流或友誼的呼喚，即使是些雞毛蒜皮的小事，在她的筆下每個生活週遭的人物全都活絡了起來，為我們合力演出這齣喜劇。

231 與阿波羅對話　韓秀 著

自遠方來，我在陽光的國度與阿波羅對話。秋日午後的愛琴海波光粼粼，反射生命的絕代風采。這裡是雅典，眾神的故鄉，世人的虛妄不過瞬眼，胸臆間卻永遠有激情在湧動。殿堂雖已頹圮，風起之際，永恆卻在我心中駐紮。

232 懷沙集　止庵 著

「樹欲靜而風不止，子欲養而親不待」作者將對逝去父親的感念輯成本書。其間除了父親晚年兩人對談的點滴外，亦不乏從日常不經意處，挖掘出文學、生活的真諦。作者樸實的文筆，在現代注重藻飾的文壇中像嚼蘿蔔，別有一股自然的餘味。

233 百寶丹　曾焰 著

百寶丹，東方國度的神奇靈藥，它到底有多神妙？身世坎坷的孤雛，如何在逆境中自立，成為濟世名醫？一部結合中國傳統藥理與鄉野傳奇故事的長篇小說，一段充滿中國西南邊疆民族絕代風情的動人篇章。

234 矽谷人生　夏小舟 著

生命流轉，人只能隨波逐流。細心體會、聆聽、審視才能品嘗出人生的況味。從中國到美國，從華盛頓到矽谷，傳統與現代，寧靜與繁華，作者以雋永的文筆，交織出大城市裡小人物不平凡的際遇和生活中發人省思的啟示，引領讀者品味異國人生。

國家圖書館出版品預行編目資料

與阿波羅對話／韓秀著.－－初版一刷.－－臺北市；
三民，民90
面；　公分－－(三民叢刊；231)

ISBN 957-14-3480-9　(平裝)

855　　90009527

網路書店位址　http://www.sanmin.com.tw
 與阿波羅對話

著作人　韓　秀
發行人　劉振強
著作財產權人　三民書局股份有限公司
臺北市復興北路三八六號
發行所　三民書局股份有限公司
地址／臺北市復興北路三八六號
電話／二五〇〇六六〇〇
郵撥／〇〇〇九九九八——五號
印刷所　三民書局股份有限公司
門市部　復北店／臺北市復興北路三八六號
重南店／臺北市重慶南路一段六十一號
初版一刷　中華民國九十年七月
編　號　S 81094
基本定價　參元陸角
行政院新聞局登記證局版臺業字第〇二〇〇號

ISBN　957-14-3480-9　(平裝)